THE
MYTH
SERIES

重述神话

重述神话系列图书（The Myth Series），由英国坎农格特出版社（Canongate Books）著名出版人杰米·拜恩2005年发起，委托世界各国作家各自选择一个神话进行改写，神话的内容和范围不限，可以是希腊、印度、非洲、美国土著、伊斯兰、凯尔特、阿兹台克、挪威、《圣经》或其他国家和民族的神话，然后由参加该共同出版项目的各国以本国语言在该国同步出版发行。它不是对神话传统进行学术研究，也不是简单的改写和再现，而是要根据自己的想象和风格创作，并赋予神话新的意义。

已加盟的丛书作者包括诺贝尔文学奖、布克奖获得者及畅销书作家，如简妮特·温特森、大卫·格罗斯曼、玛格丽特·阿特伍德、多娜·塔特、齐诺瓦·阿切比、密尔顿·哈托姆、伊萨贝尔·阿连德、迈克尔·法布、何塞·萨拉马戈、阿尔贝托·曼戈尔、A.S.拜雅特、卡洛斯·富恩特斯、斯蒂芬·金以及中国作家苏童、李锐、叶兆言、阿来等。这是一场远古神话在当代语境下的复苏。这是一场世界范围的联合行动，通过对所涉及各个国家和地区的远古神话的现代语境下的重述，赋予其新时代的意义，寄托更深刻的文化和生存内涵，对现代人们在物质膨胀、精神匮乏的时代里产生的精神家园的缺失给予疗伤，通过神话的重述，让人们产生文化认同感和民族国家意识，更有利于世界的稳定和区域的健康发展。

神话是代代相传、深入人心的故事，它表现并塑造了我们的生活——它还探究我们的渴求、我们的恐惧和我们的期待；它所讲述的故事提醒着我们：什么才是人性的真谛。

MARGARET ATWOOD
珀涅罗珀记
THE PENELOPIAD
THE MYTH OF PENELOPE AND ODYSSEUS
珀涅罗珀与奥德修斯的神话

[加] 玛格丽特·阿特伍德 著 韦清琦 译

重庆出版集团 重庆出版社

……机敏的奥德修斯,你确实得到了一个德行善良的妻子,因为伊卡里俄斯的女儿、高贵的珀涅罗珀有如此高尚的心灵。她如此怀念奥德修斯,自己的丈夫,她的德行会由此获得不朽的美名,不死的神明们会谱一支美妙的歌曲称颂聪明的珀涅罗珀。

——《奥德赛》,第24卷(191—194)

……他把一根黑首船舶的缆绳捆住一根廊柱,另一端系上储屋,把女奴们高高挂起,双脚碰不着地面。有如羽翼细密的画眉或者那野鸽,陷入隐藏于茂密丛莽中张开的罗网……女奴们也这样排成一行,绳索套住她们的颈脖,使她们忍受最大的痛苦死去。她们蹬动双腿,仅仅一会儿工夫。[1]

——《奥德赛》,第22卷(470—473)

---

[1] 这两段译文直接引用了王焕生先生的《奥德赛》中译本(人民文学出版社,1977年),人物译名稍作了改动。——译注

前言
INTRODUCTION

阔别二十载后奥德修斯重返他所统治的王国伊塔刻,这个故事最有名的出处便是荷马的《奥德赛》。根据此书,奥德修斯这些年里有一半时间是在特洛伊打仗,而花费了另一半时间浪迹爱琴海寻求回乡之路;他历经千辛万苦,征服或逃脱了群妖的魔掌,还与诸女神同床拥衾。历来人们都喜欢谈论"老谋深算的奥德修斯"的性格;他以能说谎、善伪装而著称——一个凭智慧生活的人,谋略巧计层出不穷,有时聪明过了头反而害了自己。他的佑护神是雅典娜,这位女神十分赏识他随机应变的创造力。

在《奥德赛》中,珀涅罗珀——奥德修斯的妻子、斯巴达的伊卡里俄斯的女儿、特洛伊的美人海伦的堂妹——被描画为一位堪称楷模的忠实妻子,以睿智和忠贞闻名。除终日以泪洗面、祈祷奥德修斯归来之外,她聪明地愚弄了众多求婚者。这些人挤满了她的宫殿,眼看就要把奥德修斯的财产吃喝殆尽,为的是逼她嫁给他们中的一个。她用假意承诺来与他们周旋。不仅如此,她到了夜晚便把白天一直在纺织的寿衣布拆掉,以此拖延时间,因为完工之日意味着婚期的迫近。《奥德赛》有一部分讲述了她与尚是弱冠少年的儿子忒勒马科斯之间的问题,后者总是声称自己不仅与那些讨厌、危险的求婚人势不两立,而且还公然向母亲发起挑战。该书临近尾声时,奥德修斯与忒勒马科斯斩杀了求婚人,绞死了与求婚人偷欢的十二个女仆,奥德修斯与珀涅罗珀胜利团圆。

然而荷马的《奥德赛》并非这个故事的唯一版本。神话的原始素材是口头的,也有地域性——一个神话在某地是如此传诵的,换了个地方就会讲得很不一样。我便是主要从《奥德赛》以外的版本中取材,尤其是关于珀涅罗珀身世的细节,她早年的生活和婚姻,以及围绕着她的种种诽谤传言。

我选择了将故事的讲述权交给珀涅罗珀和十二个被绞死的女仆。这些女仆组成了齐声咏叹的合唱队,其歌词聚焦于在仔细读过《奥德赛》后便会油然而生的两个问题:是什么把女仆们推向了绞刑架?珀涅罗珀扮演了何种角色?《奥德赛》并没有把故事情节交代得严丝合缝,事实上是漏洞百出。一直以来,这些被绞死的的女仆便萦绕在我心头;而在《珀涅罗珀记》中,珀涅罗珀本人也受着同样的煎熬。

目录
CONTENTS

14
低俗艺术
A Low Art

18
合唱歌词：跳绳式韵律
The Chorus Line: A Rope-Jumping Rhyme

21
我的童年
My Childhood

25
合唱歌词：小孩儿的哀歌（女仆挽诗一首）
The Chorus Line: Kiddie Mourn, A Lament by the Maids

28
金穗花
Asphodel

35
我的婚事
My Marriage

46

伤疤
The Scar

54

合唱歌词：如果我是公主（流行歌调）
The Chorus Line: If I Was a Princess, A Popular Tune

57

备受信赖的咯咯母鸡
The Trusted Cackle-Hen

64

合唱歌词：忒勒马科斯的诞生（牧歌）
The Chorus Line: The Birth of Telemachus, An Idyll

68

海伦毁了我的生活
Helen Ruins My Life

75

望穿秋水
Waiting

84

合唱歌词：老谋深算的船长（船夫曲）
The Chorus Line: The Wily Sea Captain, A Sea Shanty

90

求婚人大吃大喝
The Suitors Stuff Their Faces

97

寿衣
The Shroud

105

噩梦
Bad Dreams

109

合唱歌词：理想爱人（叙事歌谣）
The Chorus Line: Dreamboats, A Ballad

112

海伦的消息
News of Helen

118

喜极而呼
Yelp of Joy

123

流言蜚语
Slanderous Gossip

126

合唱歌词：珀涅罗珀之险（舞台剧）
The Chorus Line: The Perils of Penelope, A Drama

132

海伦洗澡
Helen Takes a Bath

136

奥德修斯和忒勒马科斯杀了女仆
Odysseus and Telemachus Snuff the Maids

140
合唱歌词：人类学演讲
The Chorus Line: An Anthropology Lecture

144
铁石心肠
Heart of Flint

149
合唱歌词：奥德修斯的审判（由女仆制作成录像带）
The Chorus Line: The Trial of Odysseus, as Videotaped by the Maids

156
冥府的居家生活
Home Life in Hades

161
合唱歌词：我们走在你后面（情歌）
The Chorus Line: We're Walking Behind You, A Love Song

164
使节
Envoi

166
说明
Notes

168
附录：希腊神话主要人物表
Appendix

172
阿特伍德作品列表
A List of Atwood's Works

低俗艺术

A Low Art

我已是死人，因而无所不知。这是我曾希望发生的事，可就像我的许多希望一样，它又落空了。我只是知道了以前不知道的几条印在书上的仿真陈述。不消说，为满足好奇心所付出的代价真是太高了。

　　自从死亡以来——自从达到这种没有骨肉、嘴唇、胸部的境界以来——我懂得了一些我宁愿不懂的事情，就如同一个人无意中在窗口听到了什么或打开别人的信看到了什么。你觉得你很愿意知道别人的想法？还请三思。

　　所有人到这下面来时都背了一只口袋，就像以前可装各类风的那种，但这里的每只口袋装的尽是话——你说过的话、听过的话、关于你的话。有些口袋很小，有的则很大；我的袋子尺寸适中，虽然里面有很多话是关于我那显赫夫君的。瞧他把我耍弄的，有人说。这是他的专长：愚弄别人。他带着一切出远门。这是他的另一项专长：出远门。

　　他总显得那么似是而非。关于那些事情，很多人相信他所讲述的版本是真实的：引发或参与了几起谋杀，几位勾引男人的美丽女子，几个独眼怪。甚至我也时不时就信了他。我明白他狡黠得很，说谎成性，只是我想他还不至于把那些伎俩用在我身上。难道我不是一直保持着忠贞么？难道我不是一直在等啊等，尽管有那么多诱惑——甚至是胁迫——要我放弃等待？而一旦官方的说法占了上风，我又成了什么？

一个训诫意味十足的传奇。一根用来敲打其他妇人的棍棒。她们怎就不能像我那样考虑周全、那样值得信赖、那样逆来顺受？这便是他们写下的诗句，那些歌手、故事的编者。不要学我，我想冲着你的耳朵尖叫——是的，你的耳朵！但当我想叫时，却发出了猫头鹰般的啼声。

当然我其实是有点儿数的，关于他的圆滑，他的狡诈，他狐狸般的诡秘，他的——该怎么说呢——他的狂妄，可是我却视而不见。我三缄其口；或者，若要张嘴的话，说的都是他的好话。我没有和他作对，没有提出难堪的问题，没有穷追不放。在那些岁月里我只要善始善终，而要善始善终最好就是把该锁的门锁好，在一片喧嚣狂暴中安然入眠。

可是当这些重大事件都过去了、蜕变得不再那么有传奇色彩之后，我意识到有多少人在我背后嘲笑我——他们是如何揶揄我、拿我开玩笑的，这些玩笑有的还算文明，有的则很污秽；他们如何将我变成了一个或一系列故事，尽管这些故事我并不喜欢听。当满世界都飞短流长时，一个妇道人家能做什么？为自己辩护只会越描越黑。所以我就继续等下去。

而今既然其他人都气数已尽，就该轮到我来编点儿故事了。我也该对自己有个交代。我不得不激发自己完成它：这是一种低俗艺术——讲故事。老女人很热衷于此，还有闲逛的乞丐、盲歌手、女仆、孩子——都是些无所事事的人。以前，要是我想充当一个吟游诗人的角色，那人们还不笑翻了天——没有比一个贵族搞什么艺术更荒谬绝伦的了——然而现在谁还在乎舆论？谁还在乎这冥府里的居民——幽影、回音的评论？所以我要讲自己的故事了。

难题是我没有赖以吐字发音的嘴巴。我没法让人听明白我的意思，在你们的世界里，在有躯体、舌头和手指的世界里这没法做到；而且多数时候在彼岸，即你们住的那头，我根本没有听众。你们中有些人也许能够捕捉到古怪的呢喃或吱吱声，可那么轻易地就把我的话误认作微风拂过干芦苇或是在黄昏飒飒飞舞的蝙蝠，或干脆以为做了场噩梦。

可我的性格是注定了的。耐心，他们过去常常这么说我。我喜欢有始有终。

合唱歌词：跳绳式韵律
The Chorus Line: A Rope-Jumping Rhyme

我们就是女仆
您所杀死的女仆
对您失望的女仆

我们在空中舞动
我们的赤足在抽搐
诉说着您行事不公

对于每一个女神、女王，及婊子
从天边的到眼前的
您都眼馋得挠爪子

我们的那点事儿
远不及您的所作所为
您却定了我们的罪

手里握着长矛
嘴里传出号令
谁都得俯首听命

我们擦洗鲜血
那是我们丧命的情夫的血
涂满了地板和桌椅

涂满了地板和桌椅
我们跪在水里
在您的怒视之下

我们赤着双足
这可真是不公
让我们如此惊恐

您以此取乐
只消挥挥手
就看着我们倒下

我们在空中舞动
我们的赤足在抽搐
诉说着您行事不公

我的童年

My Childhood

该从哪儿说起？有两个选择：从头说或不从头说。真正的开头应是世界的开头，此后事物便一件连着一件产生了；不过对这一起源众说纷纭，所以我还是从我的出生开始吧。

我父亲是斯巴达国王伊卡里俄斯。我的母亲是一位水仙。那时水仙的女儿可不算什么稀罕人物，到处都有。不过，有一半的神仙血统绝不是什么坏事儿。或者说，一时还不算坏。

我很小的时候父亲便下令将我扔进海里。我活着时始终没弄明白个中缘由，但现在我怀疑父亲听信了一位神使说他的寿衣将会由我织出的话。可能他想，要是他先要了我的命，他的寿衣就永远织不出来，而他便可长生不老。我现在明白他也许就是这么推理的。果真如此，他要淹死我便是出于保护自己这一可以理解的愿望。可是他大概听错了，或者神使自己听错了——神说起话来常常含糊不清——因为这件寿衣并非他的，而是我那公公的。如果神谕是这么说的，那还真说对了，而且实际上日后我正是通过织这件寿衣而得到了很大的方便。

眼下传授女红技艺已过时了，这我知道，可所幸在我那个时代还不是这样。手上有活儿做总归是一件好事。那样的话，要是有人言谈不合体统，你可以装作没听见，便可以不予理睬了。

可也许我这个织寿衣关乎神谕的念头是毫无根据的。也许是我杜撰出来的，以便让自己觉得好受些。有那么多此起彼伏的耳语声，在漆黑的洞窟中，在草丛里，有时真难分辨那声音是来自他人还是你自己的脑袋里。我说"脑袋"是在打比方。在这冥府里，脑袋已经没什么用了。

不管怎样，我被扔进了海里。我还记不记得浪头吞没了我，记不记得肺部没了气息，还有人们所说的溺水之人听见的那种钟声？什么也想不起来了。但别人把事情的经过告诉了我：总有某个用人或奴隶或爱管闲事的人喜欢在孩子还年幼得不能记事时，讲一些父母对这孩子做的种种糟糕事情。听了这些令人气馁的奇闻无助于改善我与父亲的关系。正是因为有了这起事件——或者更确切地说，我所知道的事件——我才对他人的意图总采取保留以及不信任的态度。

然而伊卡里俄斯要淹死一位水仙的女儿的企图实在是愚蠢的。水可是我们的成分、我们与生俱来的东西。虽然泳技不如母辈，但我们自有办法浮在水面上，况且我们与鱼类和海鸟过从甚密。一群有紫色斑纹的鸭子救起了我并将我拖到岸边。有了这样的征兆之后，我父亲还能怎样呢？他把我带回去，给我另起了名——鸭子是我的新昵称。毫无疑问，他为自己干的事情而感到歉疚：他转而对我钟爱得无以复加。

我发觉很难去应对这种爱。你想象得出来。瞧，我和看起来那么和蔼可亲的父亲手牵手在山崖边或河岸上或矮墙头漫步时，一个念头会闪进脑海里：他也许会突然决定将我推下去或用石块将我砸死。在这些场合保持平静的外表可真不容易。游玩回来以后我总是躲进自己的房间大哭一场（我现在不妨告诉你们，水仙出身的人有个缺陷，就是太爱哭。我在俗世的生活至少有四分之一的时间花在了失声痛哭上。所幸我那个时代有面纱，用来遮挡红肿的眼睛再好不过了）。

我母亲跟所有的水仙一样，长得很美，但心里却冷若冰霜。她有波浪般的头发，涟漪似的酒窝，和宛如潺潺流水的笑声。她总是令人捉摸不定。小时候我常常想要搂住她，可她总习惯于往边上一滑躲开。我很愿意去想也许是她召来了那群鸭子，但很可能不是的：她更喜欢在河里畅游，而不是照顾小孩子，而且她带着我时也经常心不在焉。即便父亲没有把我扔进海里，她说不定也会在一阵突发的失神或恼火之时失手使我掉进水里。她的注意力只能维持很短时间，而且喜怒无常。

从我告诉你的情况你就能明白，我从小就学会了凡事靠自己的美德——如果这还算美德的话。我懂得了在这世上我得自己照顾好自己，不能指望家人的支持。

(女仆挽诗一首)

合唱歌词:小孩儿的哀歌

The Chorus Line:
Kiddie Mourn, A Lament by the Maids

我们也曾是儿童。我们也投错了胎。穷苦的双亲、做奴隶的双亲、做农民的双亲、做农奴的双亲，从他们手里我们被人买走或拐走。他们不是神，不是半神，不是什么林中仙女或水仙，我们注定了从孩提时起就在宫中干活，孩提时起就要做苦工，从黎明到黄昏。如果哭了，没有人来为我们擦干眼泪。如果睡了，会有人来将我们踢醒。他们说我们没有妈妈。他们说我们没有爸爸。他们说我们很懒。他们说我们很脏。我们的确肮脏。脏是我们所关注的，脏是我们的营生，脏是我们的专业，脏是我们的错。我们是脏女孩。要是主人或主人的儿子或来访的贵族或来访的贵族的儿子想和我们睡觉，我们不能拒绝。啼哭没有用，喊疼也不行。这些都发生在我们童年时。漂亮的小姑娘会吃更多苦头。我们为盛大的婚筵抹粉，然后吃些剩菜，我们永远也吃不上自己的喜酒，没有谁会用昂贵的礼物把我们赎走，我们的身体差不多一钱不值。可我们也想要唱歌，想要跳舞，我们也想要快乐。长大一点儿后我们变得油滑世故，我们善于在暗地里冷笑。我们扭臀部，我们耍诡计，我们使眼色，甚至还是孩子时就学会了抛媚眼；我们躲在猪舍后面和男孩子相会，既有贵族子弟也有平民百姓。我们在稻草里打滚，还在泥地上，在粪堆上，在为主人铺床用的柔软的羊毛上。我们喝酒杯里的残酒。我们往大菜盘里吐痰。在亮堂的大厅与昏黑的厨房之间我们把肉偷偷塞进嘴里。我们在阁楼上笑成一团，在属于我们的夜晚。我们拼命地抓住我们能抓到的。

金穗花
Asphodel

这里非常黑暗，很多人都说过。"死一般的黑暗"，他们曾说过，"暗无天日的冥府"，等等。嗯，是的，的确很黑，不过也有好处——比如，若你看见了某个你不愿搭理的人，你尽可以装作没认出来。

当然，开满金穗花的原野还是有的。如果你愿意，就可以在花丛中漫步。那儿的光线要亮一点儿，而且总算还能看到一些干巴巴的舞蹈，不过实际上这地方并不真像它的名字那么好——开满金穗花的原野听起来很有诗情画意。但再想想吧。金穗花，金穗花，金穗花——雪白的花瓣儿确实漂亮，但过了一段时间后就看腻烦了。最好是能有多姿多彩的景致——不同的色系，几条蜿蜒的小径，以及排成长列的树木、石凳和喷泉。至少我还想要几丛风信子，而一片娇艳欲滴的番红花是否太过奢求了？可是我们这里永不会有春天，其他季节也没有。你一定想知道是谁设计了这个地方。

我有没有提到吃的东西也只有金穗花？

但我不该埋怨。

在昏暗的洞窟里，情形则略有起色——谈话内容会更有意思，如果你能找到一个流氓无赖之类的小角色的话——扒手、股票经纪人、二流的皮条客。和许多假正经的姑娘一样，这类男人对我一直颇有吸引力。

可是我并不会时常光顾那些真正很深很黑的去处。那儿住着货真价实的恶棍，他们生前得到的惩处还不够，因而现在被关在底层接受更厉害的刑罚。他们的号叫让人难以忍受。不过对他们的折磨都是精神上的，因为我们不再有肉体。众神真正喜欢干的是变出满桌的美食——大盘的肉、成堆的面包、一串串葡萄——然后又悉数拿走。让人将沉重的石块推上陡崖是另一种他们最爱开的玩笑（这里分别指坦塔洛斯和西绪福斯因戏弄众神而在地狱遭受惩罚的故事。前者不得不站在水中忍受饥渴的煎熬：每当他要低头喝水时水便退去，每当他伸手去摘近在咫尺的瓜果时也总归徒劳。后者则需忍受极度疲劳的痛苦：无休止地把巨石推上山崖，因为巨石总是会重新跌落。——译注）。有时我很想下去看看：回忆一下极度的饥饿和疲劳的滋味对我会有好处。

偶尔迷雾散开时我们能瞥见活人的世界，就像在一扇窗户的脏玻璃上擦拭出一块能向外张望的地方。有时分隔阴阳两界的屏障消解了，我们便可以到外面去放放风。那一刻我们都兴奋得吱吱尖叫。

这些外出活动可以有多种形式。以前，谁要是有问题请教我们，就会割开羊或牛或猪的喉咙，让血流进地上的沟壑里。我们闻到血腥后便直奔该地点，如同苍蝇叮尸肉一般。看哪，我们乱叫乱跳着，足有好

30

几千个，就像一只巨大的字纸篓里的垃圾被狂风卷到了空中，与此同时某个自封的英雄上前来抽剑相迎，直到他要求教的那一位现身，后者则会吐露几句模棱两可的预言：我们学会了含糊其词。为什么要毫无保留呢？得让他们以后还要一趟趟地来找我们，带着更多的羊、牛、猪，等等。

向那位英雄抖搂了不多不少几句话后，我们便都获准到沟壑里去饮血，关于大伙儿的吃相那可真没有什么好恭维的。你推我挤，啧啧啜食声不绝于耳，血泼洒得到处都是，下巴颏大都染成了殷红色。不过，重又能感受到血在我们不复存在的血管里奔涌还是让我们欣喜若狂，哪怕只有一会儿。

我们有时也可以在梦中显灵，不过从中并不能获得多少满足。还有一些则羁留在冥河的那一头，因为其尸身没有得到妥善安葬。河两岸都无处安顿，他们只得凄惶地游荡着，并且会惹出很多麻烦来。

然后过了几百年，也可能是几千年——在这儿计时很难，因为我们没有时间这一概念——风俗变了。不再有活人来访，我们栖居的地方比起后来出现的地府景观也逊色得多——火坑、号哭、咬牙切齿、咬啮的蠕虫、持叉的恶魔——有许多特别震撼的效果。

但偶尔我们也还会被法师和术师——与阴间的势力有契约关系的人——唤出来，招引我们的还有些小人物、媒体记者、通灵者，等等。我们不得不现身于一个粉笔圈或贴了天鹅绒垫的营业室里，只因某人很想呆呆地朝你看一会儿，真是有辱鬼格呀，不过这也让我们能跟得上潮流，知道活人世界里所发生的事情。譬如，我就对电灯泡的发明很感兴趣，还有二十世纪有关物质与能量的理论。就在最近，我们当中有几个成功地渗透进现在环绕地球的以太波体系，并以此方式周游天下，透过平整光亮、用作家族神龛的东西（阿特伍德解释说这指的是家用电视机和电脑。——译注）向世界张望。也许这也是以前众神能够来去自如的原因——他们准是可以操纵类似的东西。

我极少被法师召出来。我很有知名度，是的——问谁都行——不过出于某种原因他们并不想见我，而我的堂姐海伦则需求者众。这似乎有欠公平——我出名并非因为做了什么丑事，特别是什么风流事，而她则是声名狼藉。当然她很美丽。据称她是从蛋壳中出世的，因为她是宙斯的女儿，宙斯将她母亲变作天鹅并加以强奸。她却颇以此自命不凡，我是说海伦。我不知道我们当中有多少位相信这种强奸天鹅后诞生混血儿的事情，那年头类似的故事多得很——天神好像一看见凡间女人就管不住自己的手或爪子或喙了，他们不是掳掠这个，就是霸占那个，总是如此。

反正不少法师都坚持要见海伦，而她也总是恭敬不如从命，好像又回到了过去，让众多的男人张口结舌地望着她。她喜欢穿一套特洛伊式的衣裙，对我的品位来说那太过繁复，但chacun à son goût（法语，意思是"每个人都有自己的观点、趣味"，意即"见仁见智"。——译注）。她优哉游哉地打着旋，然后微微颔首，再将目光扫过唤她出来的人，呈上妩媚的微笑，于是没有谁不为之倾倒。要不她就换上她在走出熊熊燃烧的特洛伊城迎接墨涅拉俄斯时的装束。这位盛怒的丈夫本是要将复仇的剑插入她胸膛的，而她只消裸露出那无与匹敌的乳房中的一个，便令他跪了下来，涎着脸央求她回去。

我呢……嗯，人们说我很美，但他们只得这样说，因为我是公主，后来很快又成了王后，不过实际上虽然我长得既非畸形又不算丑，但也没有特别惹眼的地方。不过我很机灵：对于那个年代而言，是非常机灵了。这似乎是我最为人所知的特点：机灵。机灵，外加我织寿衣的事迹，还有对丈夫的挚爱，还有我的判断力。

假如你是捣鼓着种种隐晦的技巧、冒着出卖灵魂风险的法师，你会不愿意变出一位长相平庸但机灵过人、善于织布且从不越轨的妻子，而是唤出个令数以百计的男人因淫欲而发狂，让一座伟大的城市陷落于火海的女人吗？

换了我我也愿意。

海伦一直没有受到惩罚，一丁点儿也没有。为什么没有？我很想知道。其他罪行——吃了不该吃的牛，自吹自擂之类——远较她轻微者，有的被海蛇扼杀，有的在风暴中溺死，有的变作蜘蛛，有的成了箭靶子。你会觉得海伦在给其他不计其数的人造成那么多的伤害和苦难之后，至少该好好挨一顿鞭子。可她却逍遥得很。

倒不是我现在还对此不能释怀。

也不是说我当年就曾耿耿于怀。

那时我生活中还有别的事要操心。

这就要谈到我的终身大事了。

我的婚事

My Marriage

我的婚姻是包办的。那时风俗便是如此：哪儿有婚事，哪儿就有人予以操办。我不是说婚纱、鲜花、宴会、音乐之类的安排，尽管我们都不缺，甚至到现在人们的婚礼上这些也一样不少。我所说的包办没那么简单。

按以前的规矩，仅有重要人物才有婚姻，因为仅有重要人物才有遗产。其他人只有这种或那种形式的交配——强奸或诱拐，偷情或一夜情，对象则是自称羊倌的神或自称神的羊倌。偶尔也会有女神到肉体凡胎中来搅和，好比是女王扮作了挤奶女佣，可那情郎得到的奖励则是折寿，甚至死于非命。仙人和凡人没法水乳交融：就像火与泥，赢家总是火。

神仙一贯是唯恐天下不乱的。事实上，他们就爱兴风作浪。看一个凡人由于与神纵欲过度而眼窝爆裂，会使神笑得全身颤抖。神仙有些孩子气，其做法却令人厌恶。我现在能说出来是因为我不再拥有肉体，已脱离了那种苦痛，而神仙反正也不会来听。据我的判断他们已睡着了。你们现今的世界里不像过去那样经常有神仙大驾光临，除非你吸了什么东西。

说到哪儿了？哦，对了，婚事。结婚是为了生孩子，而孩子可不是什么玩具或宠物。孩子是载体，承载的东西可以是王国、昂贵的结婚礼物、传奇故事、积怨、血腥的世仇。通过孩子结了联盟，通过孩子申了冤屈，生下一个孩子意味着又在世间放出了一股力量。

如果你有了敌人，那最好杀了他的儿子，即便他们还在襁褓之中。否则他们便要长大并置你于死地。如果你下不了手，你可以把他们装扮成别的什么人并打发得远远的，或是将其当奴隶卖掉，不过只要他们还活着，就始终是个威胁。

如果你生的是女儿而非儿子，你得尽可能快地把她们抚养大，这样你就可以得到外孙了。在你的家族中，能够挥剑掷矛的人越多对你越有利，因为周边的其他显贵正虎视眈眈地寻找着借口攻打某国王或贵族，并掳走能够捞到的一切，包括人。掌权者的弱点正是觊觎者的良机，因而所有的王公贵族都尽力去争取最多的援手。

如此便无须赘言，当花季来临时我只能面对包办婚姻。

我父王伊卡里俄斯的宫廷里仍然保留着比赛招婿的风俗，得通过竞争才能娶到一位——这么说吧——待价而沽的贵族小姐。赢得比赛的男子也就赢得了小姐和婚礼，并照例要留在岳丈的殿堂里贡献子嗣。他通过婚姻获取财富——金杯、银碗、马匹、衣袍、兵器，所有我活着的那个年代里人们当作宝贝的破烂货。他的家族也应送上很多这些破烂。

我能称之为破烂是因为我知道这些玩意儿大多是在哪儿寿终正寝的。烂在了地里，或沉入海底，或给打碎了，或是熔化了。有的最后还会安身于高大的宫殿里，奇怪的是并没有国王、王后居于其中。川流不息的人群身着粗俗的衣服排着队进进出出，瞪大眼瞧着这些不再被使用的金杯银碗。然后他们到宫内的小卖部之类的地方，购买这些器皿的照片或其微缩模型，当然不是真用金银做的。所以我才说破烂货。

根据古老的习俗，那一大堆亮闪闪的结婚战利品得留在新婚妻子的家里，即她娘家的宫殿里。也许这就是为什么我父亲在没能淹死我之后那么疼爱我：我在哪儿，财产就在哪儿。

（他为什么要把我扔进大海？这个问题仍萦绕在我心头。尽管我对那个织寿衣的说法并不十分满意，但也找不到正确的答案，即使是在这下面。每当我看见父亲在远处的金穗花丛里踯躅而行，并想要追上他时，他都急忙走开，仿佛他不愿与我面对。

有时我想过也许我是供奉海神的祭品，后者对人类生命则是出了名的渴求。然后是鸭子救了我，全然与我父亲无关。我猜父亲可以辩解说他已按约定履行了义务，没有徇私舞弊，要是海神没能把我拖下去吞掉，那是他自己运气不佳。

我越是这么想，越觉得有道理。很合理。）

那么想象一下当时的我吧，一个聪明但不算太美艳的适婚女孩，就算十五岁好了。假设我正临窗眺望——我的闺房在王宫的二楼——看见参赛的人集中在院场里：所有那些满怀憧憬、希望争取能牵住我的手的年轻人。

当然我并非直接朝外看的。我不像有些傻姑娘那样将胳膊肘支在窗台上不害臊地向外张望。不，我躲在面纱和窗帘后面偷偷地看。让这些几乎衣不遮体的少年看见我没戴面纱的脸庞可没什么好。宫里的女人们已尽力将我装扮起来，吟游诗人也曾怀着敬意为我赋上颂歌——"如阿芙洛狄忒般光彩照人"等通常的恭维话——可我感到害羞，很痛苦。年轻的男人们开着玩笑，他们彼此间似乎都很放松；他们没有向楼上扫视。

我明白他们追逐的不是我，不是"鸭子珀涅罗珀"，而仅仅是我与生俱来的东西——皇亲国戚的名号，还有那堆亮晶晶的破烂。绝不会有人为赢得我的爱情而甘愿舍身。

事实上也的确没人这样做。并不是说我存心要鼓动这类自杀行为。我不是吃男人的，我不是塞壬，我不像堂姐海伦，她才是仅仅为了显示她的能耐而去不断征服的女人。一旦男人拜倒在其石榴裙下——而这不会花费多少工夫——她便头也不回地扬长而去，留下她那漫不经心的笑声，仿佛刚看过宫廷里的侏儒做了滑稽的倒立表演。

我是个善良女孩——比海伦善良，或者说我是这么认为的。我知道我得能拿出美丽之外的什么。我很聪明,大家都这么说——事实上说得太多了,说得让我气馁——然而聪明是妻子不在身边时男人所希望她具备的品质。而朝夕相处时,他最需要的还是善良,倘若她再无别的迷人之处的话。

最显而易见的丈夫人选本该是某个拥有土地的国王的次子——有可能是内斯特王的一个儿子。那可将是伊卡里俄斯王的一个好亲家。我透过面纱端详着在楼下转悠的小伙子们,试图辨清每个人的身份,以及我喜欢哪个——这无济于事,因为挑选如意郎君并非由我说了算。

我有两个贴身女仆——寸步不离左右,在安全出嫁以前我一直处于危险之中,因为谁知道会有哪个想通过婚姻发横财的人图谋引诱我,或抓住我把我抢走?这两个女仆还是我的消息来源。她们是永不衰竭的闲言碎语之泉:她们可以在宫里随处走动,可以从各个角度观察这些男人,能听到他们的谈话,能尽情地和他们调笑:人们不在乎谁会上她们的身子。

"那个虎背熊腰的是哪一位?"我问。

"哦,那只是奥德修斯。"其中一个女仆说。他不是一个呼声很高的候选人,至少用人们这样琢磨。他父亲的王宫在伊塔刻,一座遍地山羊的礁岛;他的衣着乡气得很,举止像小城镇上的大人物，而且所说的一些复杂想法已经让别人觉得他很怪异。不过他很聪明，她们说。实际上他聪明得反倒使自己处于不利的境地。其他年轻人拿他打趣——"别和奥德修斯打赌啊，他是赫耳墨斯的朋友，"他们说，"你永远也赢不了。"这好像是在说他是骗子、小偷。他的外祖父奥托吕科斯便是以这些伎俩臭名昭著，号称平生从未用正当手段获取过财物。

"我挺想知道他能跑多快。"我说。有些王国实行比武招亲，另一些是赛驾战车，而我们这里就是赛跑。

"不算快，他的腿短。"一个女仆不留情面地说。而奥德修斯的腿较他的身躯来说确实很短。坐着还行，站起来便显得头重脚轻。

"他跑起来都抓不住你，"另一个女仆说，"你该不想早晨起来发现你丈夫带着阿波罗的一群母牛和你睡在床上吧。"这是关于赫耳墨斯的一个笑话，他出生那天干的第一件勾当便是偷袭了一群牛。"是啊，除非其中有一头公的。"先前那个女仆说。"要不山羊也行。"第三个女仆说，"一头壮实的大公羊！我们的小鸭子肯定喜欢！一会儿工夫她就得叫唤了！""我要是有这么一个伴儿也会高兴的，"第四个说，"跟咱这儿那些孩娃指头粗细的货色比，还不如跟头公牛呢。"她们都笑起来，以手捂嘴发出快乐的哧哧声。

我感到很气恼。我不懂这些玩笑中最粗俗的部分，以后才能明白，因而我现在不知道她们为什么笑，不过我知道她们是在拿我取乐。可我根本无法阻止她们。

此时我的堂姐海伦扬帆而来，如同她自己想象的长颈天鹅那样。她走路时的摇曳身姿与众不同，而她也将这一特点十分夸张地显露出来。尽管是在操办我的终身大事，她却想独自出尽风头。她如往常一样美丽，实际上越发风姿绰约：她的美让人无法承受。她的穿着无可挑剔：墨涅拉俄斯，她的丈夫，对此从来就不曾马虎，而他那么多臭烘烘的金银财宝足以供她挥霍。她把脸偏过来看我，那想入非非的眼神似乎要与我调情。我怀疑她已习惯了与爱犬，还有与镜子、与梳子、与床柱调情。她需要坚持练习。

"我认为奥德修斯娶我们小鸭鸭很合适，"她说，"她爱清静，倘若他真如自己所夸下的海口那样带她去伊塔刻，她一定会如愿的。她可以帮他看管山羊。她和奥德修斯是天生的一对呢。他们的腿都很短哟。"她轻描淡写一番，可她最轻飘飘的言语常常是最冷酷的。为什么如此美丽的人物会觉得世上其他人的存在仅仅是为了供她消遣呢？

女仆们偷偷地笑着。我一句话也说不出来。我没想过自己的腿那么短，当然也没想过海伦会注意到。可在评价他人的体貌优劣时，很少有什么能逃过她的眼睛。这日后也生出了她和帕里斯的事端——后者可是比体态笨重、一头红发的墨涅拉俄斯英俊多了。当墨涅拉俄斯被写进诗中时，唯一值得夸耀的就是他有一副响亮的嗓门。

女仆们都看着我，想知道我会怎么回答。可是海伦有本事让人无话可说，我也不例外。

"别在意，小堂妹，"她拍拍我的胳膊说道，"据说他非常聪明。而你也非常聪明，他们告诉我。这样你会听得懂他说话的意思。我肯定不行！他没有赢得我，对我们俩而言都是幸事！"

她给了我一个恩主般的虚假微笑，就像是谁因优先获得了一段口味平平的香肠而非常挑剔地拒绝食用。实际上，奥德修斯当年也是她的求婚者之一，并且也像世上所有其他男人一样拼命想得到她。而现在他只能角逐二等奖了。

海伦放出这根刺后便踱开了。女仆们开始议论她华丽的项链，她闪亮的耳环，她完美的鼻子，她优雅的发型，她明亮的双眸，她那光彩夺目的长袍的颇具品位的织边。就好像我不在场似的。而这可是我的结婚日。

所有这些都压迫着我的神经。我哭了起来，如同在以后经常表现的那样，并被送进房间躺在床上。

这样我便错过了赛跑。奥德修斯赢了。后来我得知他做了手脚。我父亲的哥哥廷达瑞俄斯伯父，即海伦的父亲——不过正如我和你说过的，还有人称宙斯才是她生父——助了他一臂之力。他给其他竞争者的酒里掺了一种使他们迟钝的药，但剂量又不足以让人发觉；他为奥德修斯准备了一种效用完全相反的药。我知道这类事现今已成为一种传统，在活人世界的运动场上秉承此风的仍大有人在。

廷达瑞俄斯伯父为何要暗中相助我未来的丈夫？他们既非朋友又非同盟。廷达瑞俄斯能得到什么？相信我，伯父绝不会仅出于好心而施以援手，好心对他来说对是短缺商品。

一种说法认为奥德修斯曾为廷达瑞俄斯效力，而我是他得到的回馈。那年当所有的人都在为海伦争得头破血流、越发不可收拾时，奥德修斯要每个竞争者起誓，不管谁赢得了海伦，其他求婚者都必须在有人图谋掳走她时挺身而出。如此一来他平息了众怒，并使与墨涅拉俄斯的比赛得以顺利进行。他准知道自己是没有希望的。就是在那会儿——传言如是说——他与廷达瑞俄斯做了这笔买卖：

奥德修斯保证容光焕发的海伦的婚礼将会平静且大有赚头，他则因此得到朴实无华的珀涅罗珀。

然而我还有另一个想法。廷达瑞俄斯和我父亲伊卡里俄斯都是斯巴达王。按约定他们轮流统治，一年换一回，以此类推。可是廷达瑞俄斯想独揽大权，后来他也真做到了。一个很合理的解释是他探听到了各位求婚人的前途及他们的计划，从而得知了奥德修斯别出心裁的想法，即妻子应跟丈夫走而不是待在娘家。如果我以及我可能会生的所有儿子都给打发走了，那正合廷达瑞俄斯的心意。如此一来，若日后爆发了公开冲突，伊卡里俄斯的援手也就少了。

不管幕后有何交易，反正奥德修斯通过不正当手段赢了比赛。海伦不怀好意地看着结婚庆典，她认为我被抵押给了一个粗俗的傻瓜，这个家伙将带我去的地方沉闷得如同一潭死水，而对此她没有丝毫不快。她大概事先知道了其中的玄机。

而我呢，觉得婚礼是那么难捱——宰杀动物、供奉诸神、洒水去邪、奠酒祭神、祈祷、没完没了的歌咏。我感到晕眩得厉害。我的目光始终朝下，所以我只能看到奥德修斯的下半身。短腿，我止不住地想，即使是在如此庄重的场合。这可不是个正经想法——低级趣味，而且总是引我发笑——不过我得为自己辩护，我那时才十五岁。

伤疤

The Scar

于是我就这样像一袋肉似的被交给了奥德修斯。请注意，是一袋金子包装的肉。一种镀金血布丁。

但是这个比喻对你来说可能太拙劣了。得补充一点，肉在我们那里是极受重视的——贵族吃得很多，吃了一块又一块，而且只有烤肉一种做法：我们那个年代可没什么高级烹饪术。哦，我忘了：也有面包，就是面包片，吃了一片又一片；还有酒，喝了一杯又一杯。我们确实也吃些奇蔬异果，但大概是你闻所未闻的，因为谁都没有把它们写进歌里。

众神也和我们一样爱吃肉，但他们从我们这儿仅能得到骨头和油脂，这要归功于普罗米修斯略施小技：只有傻瓜受骗上当，将牛的不好吃的部位当作最好的，而宙斯就上当了；这表明神也并非总像他们要我们相信的那样聪明（这个典故是：普罗米修斯为帮助人类减少供神的祭品，把牛的胴体剁切成块，分成两堆，一堆全是可吃的牛肉，上面盖着牛皮和牛肚；另一堆是骨头，上面盖着成块的牛油。宙斯看中牛油，挑了后一堆。——译注）。

我现在可以说出这些，是因为我已经死了。先前我是不敢说的。神要是扮成乞丐或老友或陌生人来听你说话，你永远也觉察不了。的确我有时也怀疑他们是否存在，这些神。可在活着的时候我觉得还是少说为妙。

我的婚筵上应有尽有——大块油光光的肉，大片香喷喷的面包，大瓶甜滋滋的酒。令我惊讶的是，食客们的肚皮塞得那么满竟没有撑破。吃饭不用自己掏腰包时,什么也阻止不了暴饮暴食,在以后的经历中我懂得了这一点。

那时候我们用手吃东西,也得很辛苦地大吃大嚼,不过这样更好——要是同桌的哪位惹恼了你,你也找不到尖利的餐具去捅他。每一场经过竞技定下的婚事上总有几个愤愤不平的输者,但在我的酒席上倒没有败下阵来的人发脾气。更像是他们在出售马匹的拍卖会上没能得手而已。

酒调制得很烈,因而很多人烂醉如泥。甚至我的父王伊卡里俄斯也醉醺醺的,他怀疑自己被廷达瑞俄斯和奥德修斯耍了,他几乎能肯定他们作了弊,但他没弄明白他们是怎么干的;这让他恼怒,而他恼怒时喝得就更多,还辱骂别人的祖宗八代。不过他是国王,所以也就不会有决斗。

奥德修斯本人没喝醉。他有本事使他看起来喝高了实则没有。后来他告诉我,如果一个人凭头脑活着,就像他,便需要始终让头脑保持清醒、锐利,如同利斧利剑一般。他说只有傻子才沉溺于杯中物,吹嘘自己如何海量。这样必然使众人较着劲儿狂饮,然后便疏于防范,给了敌人可乘之机。

而我什么也吃不下。我太紧张了。我蒙着新娘盖头坐在那儿,几乎不敢看奥德修斯一眼。一旦他掀起盖头,当他摸索着解开我的外衣、腰带,以及我裹的那件闪着微光的长袍时,我肯定他会失望的。然而他并没有在看我,其他人也都没有。他们全盯着海伦，后者正左顾右盼，抛出炫目的微笑，不漏掉一个男人。她的微笑能使每个男人都觉得她唯独暗恋他。

我想海伦转移了大家的注意力，该是我的福分，因为这样他们便不会注意到我，注意到我的颤抖和笨拙了。我不仅紧张，而且真的很害怕。女仆们的说法灌满了我的耳朵：我一进洞房会怎样被撕扯开，就像土地被犁过一样，而那将是如何痛苦和羞耻。

至于我那像海豚般游泳的母亲，此时总算从百忙中腾出了足够的时间来出席我的婚礼，我本该为此更为感激才是。她就在那儿，坐在父亲一旁的宝座上，身着冷淡的蓝色长袍，足边聚集起一个小小的旋涡。当女仆们又开始给我更换服装时她竟也和我说了些话，可我觉得那一点儿用处都没有，言辞空洞，或者说其意若稳若现；不过话说回来，水仙的语言都是那么若隐若现的。

她是这么说的：

水从不反抗，水流动不息。把手插入水中，你只感受到爱抚。水不是固态的墙，不会拦住你。可水总能去它想去的地方，任何东西都无法阻挡。水很有耐心。滴水穿石。记住这些，我的孩子。记住你有一半是水，倘若你克服不了障碍，就绕过它。

水便是如此。

庆典和酒宴过后照例是闹洞房，照例有通明的火把、粗俗的笑话和醉醺醺的叫嚷声。床上花团锦簇，门槛洒过了水，祭酒也准备停当。守门人立于门外以防惊恐的新娘夺门而逃，同时也阻止她的亲友闻其尖叫时破门而入。所有这些只是在演戏：仿佛新娘是被拐骗来的，而婚姻的美满就该是一种被认可的掳掠。应该是一种征服，一种对敌人的蹂躏，一次戏仿的杀戮。是应该见血的。

门一关上奥德修斯就拉住我的手，让我坐在床上。"别理他们告诉你的话，"他耳语道，"我不会弄疼你的，或说不会很疼；不过要是你假装喊痛对我们都有好处，我听说你是个聪明姑娘。你能装出几声叫唤吗？那会让他们满意的——他们都在听房呢——这样他们就会放过我们，我们就有了自己的时间来做好朋友。"

这便是他作为一个说服者的成功秘诀之一——他能让别人相信，双方正面对着共同的困难，并需要同心协力才能克服它。他差不多可使任何听者与他合作，加入他一手制造出的小小阴谋中。在这一点上他无人能及：有关传言这一回他倒是没说假话。而且他的嗓音很好听，深沉而洪亮。所以我当然照着做了。

之后我发现奥德修斯并不是那种完事了就翻身沉沉睡去的男人。我并非从自己的经验中知道男人这种通病的；而是如我说过的，我从女仆那儿听到了很多。不，奥德修斯想讲话，而且由于他能言善辩，我也很乐于听。我想这是他最看重我的地方：我懂得欣赏他的故事。这是一种在女人当中被低估了的禀赋。

有一次我注意到了他大腿上长长的伤疤，于是他就讲起了关于它的故事。我曾提到过，他的外祖父奥托吕科斯声称赫耳墨斯神是他父亲。这也许是换着法儿在说他是个诡计多端的惯偷、骗子、说谎者，而他干那些勾当时幸运之神也一再垂青于他。

奥托吕科斯的女儿便是奥德修斯的母亲安提克勒亚，她嫁给了伊塔刻国王莱耳忒斯，因此现在成了我的婆婆。关于安提克勒亚有一种恶意的传言——她受到了西绪福斯的诱惑，后者才是奥德修斯的生父——不过我认为这令人难以置信，谁会去勾引安提克勒亚？就好比去勾引一条船。可是姑妄信之吧。

西绪福斯狡猾异常，据说曾骗过死神两次：一次是花言巧语说得死神戴上了手铐，却拒绝为他打开；还有一次是哄骗死神之妻珀尔塞福涅将他带出冥府，因为他没有得到妥善安葬，所以不该属于冥河的地狱之侧。假如我们承认关于安提克勒亚失贞的传闻，那么奥德修斯家族里的父系、母系可都不缺胆大妄为且狡诈善骗之辈了。

不管真相到底如何，反正他外祖父奥托吕科斯——是他为外孙起的名——邀奥德修斯上帕耳那索斯山去取他所允诺的生日礼物。奥德修斯就真的去了，还在那里与奥托吕科斯的儿子们打野猪。正是一头格外凶悍的野猪刺伤了他的大腿，并留下了那块伤疤。

奥德修斯讲故事的方式中有什么东西让我怀疑事情没那么简单。为什么野猪袭击的是奥德修斯而非他人？他们知道野猪的藏身之处么，是要暗算他么？是不是骗子奥托吕科斯蓄意要奥德修斯的命，这样就可以赖着不给礼物了？也许。

我很愿意这样想。我很愿意去想我和丈夫有某种共同点：我们俩在年幼时都险遭家庭成员的毒手。这样我们更有理由抱成一团，并且不去轻信别人。

作为对他讲述伤疤来历的回报，我告诉了奥德修斯自己差点儿被淹死、后被鸭子搭救的故事。他很感兴趣，向我问了问题，并表示了同情——一切你希望听者有的反应。"我可怜的小鸭子，"他抚摸着我说道，"别担心，我绝不会把这样的宝贝姑娘扔进海里的。"我闻言又止不住泫然涕下，并得到了与一个新婚之夜十分般配的安慰。

因而黎明来临时,奥德修斯和我确实成了朋友,正如奥德修斯所承诺的那样。或者换一种说法吧:是我自己对他萌生了情谊——不仅如此,还产生了热烈的爱情——而他仿佛是在酬答我。这可不是一回事。

过了些日子,奥德修斯宣布要将我和我的嫁妆一同带回伊塔刻。我父亲十分不快——他希望遵循传统,他说,这意味着他想让我们俩以及我们新近得到的财富完全处于他的掌控之下。可是我们有伯父廷达瑞俄斯撑腰,他的女婿是海伦的丈夫、强大的墨涅拉俄斯,因此我父亲只得让步。

你大概听说了我父亲追在我们离去的马车之后,央求我和他待在一起,而奥德修斯则问我是否出于自愿随他去伊塔刻,还是更想留下来陪父亲?据说我放下了面纱作为回答,因为我是那么地端庄,无法用言语来表达对丈夫的想望。后来人们还为我竖立了雕像以颂扬端庄之美德。

此说并非无稽之谈。不过我放下面纱是为了掩盖我的笑容。你得承认这样一个父亲是颇有幽默感的:曾几何时他将亲生骨肉抛进大海,如今又跌跌撞撞地在路上追着这个孩子高呼:"别离开我!"

我不想留下。此刻,我迫不及待地要走出斯巴达宫廷。我在那儿没有多少快乐,我渴望开始新的生活。

(流行歌调)

合唱歌词：如果我是公主

The Chorus Line: If I Was a Princess, A Popular Tune

由众女仆演唱,小提琴、手风琴和小哨子伴奏。

女仆一:
如果我是公主,披银又挂金,
还有英雄疼爱:何愁不年轻;
哦,若有少年英雄将我娶,
我将永葆自由、快乐和美丽!

合唱:
那么起航吧,我的好小姐,去乘风破浪——
下面的深海暗如坟场,
或许你会从那叶蓝色小舟上跌落——
是希望,也只有希望,助我们踏水凌波。

女仆二:
我服从喝令听差遣,忙不迭地把头点,
口念"老爷""太太"过完该死的一整天;
我俯首又帖耳,眼含泪水挂着笑,
床铺得舒服还软和,轮不到自个儿来逍遥。

女仆三：
哦天神，哦先知哪，请恩赐另一种生活，
快让一位少年英雄来娶我！
可是或早或迟，都没有英雄前来救赎——
劳苦是我的命运，横死是我的天数！

合唱：
那么起航吧，我的好小姐，去乘风破浪——
下面的深海暗如坟场，
或许你会从那叶蓝色小舟上跌落——
是希望，也只有希望，助我们踏水凌波。

众女仆皆行屈膝礼。
"俏脸蛋儿"墨兰托传递着帽子：

谢谢您，老爷。谢谢您。谢谢您。
谢谢您。谢谢您。

备受信赖的咯咯母鸡

The Trusted Cackle-Hen

去伊塔刻的航海旅行漫长而惊心动魄，且使我频频作呕，或者至少我这么认为。在大部分时间里我要么上床躺，要么下床吐，有时还躺着吐。可能有过童年的那次经验后我对海洋便心存恶心，也许海神波塞冬因没能吞噬我而余怒未消。

因此，对于奥德修斯难得几次来看我时所描述的天与云的美丽，我几乎无缘睹其芳容。他把多数时间花在了船头，（在我想象中）用鹰一般的目光疑视着前方，好及时发现礁石、海蛇等各种危险的东西，或者手抓舵柄，或者用其他什么方式指挥着航船——我对此一窍不通！因为我从来没上过船。

自从我们的婚礼之后我便对奥德修斯有了很高的评价，对他佩服得五体投地，觉得他无所不能——别忘了，我只有十五岁——因而也无比信赖他，视他为绝不会失手的海上弄潮儿。

最后我们终于到达了伊塔刻，驶入被陡峭石崖环绕的港口。他们准是已布置了探子，并点亮了灯塔以宣布我们的到来，因为港口挤满了人。不大不小的欢呼声传了出来，我被引上岸时，人们推推搡搡，争睹我的芳容——这足以证明奥德修斯是得胜而归的，带回一位高贵的新娘及其价值不菲的嫁妆。

那天晚上城里的贵族举行盛宴，我也出席了，戴着华丽的面纱，穿着我最好的绣花长袍，并由我从娘家带来的一个女仆陪伴。她是父亲送我的结婚礼物，名叫阿克托丽斯，她随我来伊塔刻一点儿也不开心。她舍不得斯巴达宫殿的奢华，还有她那些做仆人的姐妹，我也不责怪她。其实她岁数已不小了——连我父亲也没蠢到派个花季少女来陪我，那对奥德修斯的爱情而言可是潜在的考验，特别是她的职责之一便是彻夜守候在我们卧室门口不让别人打扰——因此她没能挨多久。她的死使我在伊塔刻彻底陷入了孤独，一个陌生人中的陌生人。

在刚来的那段日子里我常常暗自饮泣。在奥德修斯面前我则尽量隐瞒我的忧伤，因为我不想表现得令他扫兴。而他自己仍然像当初那样把我照顾得很周全，尽管他是用大人对孩子的方式。我经常发觉他在观察我，偏着头，手托腮，仿佛我是个谜；不过我很快发现他对所有人都如此，那是他的习惯。

有一次他告诉我，每个人都有一扇隐藏的门，就是心扉，而他的幸运之处在于他找到了开启这些门的把手。心既是钥匙，又是锁，谁能掌握人心并窥知其秘密，谁就掌握了命运，就能控制自己生命的历程。不，他忙又补充道，任何人实则都能做到。并非只有神才比"命运三姐妹"强大，他说。他没有提她们的名字，而是吐了口痰以避免晦气；她们躲在阴郁的洞窟里，编造、打量、剪切着我们的生活，想到此我便不寒而栗。

"我有一扇通向内心的门么？"我以一种我希望是迷人而调情的语气问道，"你找到门路了？"

奥德修斯闻言只是微微一笑。"这得由你来告诉我。"他说。

"你也有一扇通向内心的门么？"我说，"我拿到钥匙了吗？"我为自己的装腔作势红了脸：这本是善用甜言蜜语哄骗人的海伦会干的事。不过奥德修斯已转过身去，看着窗外。"有船进港了，"他说，"是条我不认识的。"他皱着眉。

"你在等什么新闻吗？"我问。

"我总是在等新闻。"他说。

伊塔刻远非什么天堂，常年多风，雨水频繁，气候湿冷。贵族们与我所熟悉的那些相比寒酸多了，而宫殿呢，虽然够用，却谈不上阔绰。

的确有不少岩石和山羊，就像在家乡时别人告诉我的那样。但也不乏奶牛、绵羊、猪、可以做面包的谷物，有时还能吃到梨、苹果、无花果等时令水果。另外，拥有一个像奥德修斯这样的丈夫绝不是什么丢脸的事。所有的本地人都景仰他，来找他请愿及求教的人络绎不绝。甚至有人乘船不远万里来请他做参谋，因为他以善于解开最复杂的结而声誉卓著，尽管有时候他采取的办法是打一个更复杂的结。

他的父亲莱耳忒斯和母亲安提克勒亚那时还住在宫里：他母亲还在世，虽然已因守望和等待奥德修斯的归来以及——我怀疑——因她自己那胆汁质的消化系统而心力交痒。他父亲尚未绝望于儿子的杳无音信，因而也还没有自我放逐到乡间陋屋去务农过苦日子。所有这些都会发生在奥德修斯多年不归之后，但此刻尚无任何征兆。

我婆婆为人慎重、周到。她的嘴形很好看，而尽管她对我的欢迎十分得体，我仍能觉察出她并不满意我这个媳妇。她总是说我肯定非常年轻。奥德修斯冷冷地说这是个假以时日会自行纠正的错误。

初来乍到时最使我烦恼的还是奥德修斯过去的奶妈欧律克勒亚。据她自己说，这儿的人都敬她三分，因为她绝对值得信赖。自从被奥德修斯的父亲买回来后她就一直操持着家务，并深得器重，以至于他都没跟她睡过觉。"想想看吧，像这样对待一个女奴！"她快活地说着，一边发出"啧啧"的声音，"那时候我的模样可俊了！"有些女仆告诉我莱耳忒斯那么节制并非出于对欧律克勒亚的尊重，而是害怕他妻子一旦知道他拈花惹草了，他将永无宁日。"安提克勒亚会冷冰冰地把太阳神的卵蛋都冻住。"她们中有一个这样说。我知道我本该斥责她出言不逊，可是我实在忍俊不禁。

欧律克勒亚似乎打定了主意要对我多加关照，领着我在宫里四处走动，指示我有何东西位于何处，还有如她一直在念叨的，"咱们这儿的规矩"。我应该为此感谢她的，不但要发自嘴唇还要发自内心，因为失礼是最让人尴尬的事，表明你根本不懂得入乡随俗。笑的时候该不该掩嘴,何种场合得戴面纱,面部要遮多少,隔多少时候洗澡——凡此种种,欧律克勒亚都是专家。我是幸运的,因为我的婆婆安提克勒亚——本来这些都应由她来照管——乐得一言不发地坐看我干傻事,脸上浮现出一丝严厉的微笑。她很高兴自己的宝贝儿子做成了这么大一笔买卖——斯巴达公主毕竟是不可小视的——但我想若是我在来伊塔刻的途中死于晕船,而奥德修斯返航时只有嫁妆而没有新娘,一定会更让她开心。她最常对我说的话就是:"你气色不好。"

所以我尽量回避她,主要与欧律克勒亚打交道,后者至少挺友好。她对毗邻贵族的情况了如指掌,由此我知道了许多关于他们的家丑,对我日后帮助颇多。

她总在喋喋不休,而世上再没有人比她更了解奥德修斯了。她对他的喜好以及该如何服侍有一整套资料,因为在他还是婴孩时,难道不是她用自己的乳汁哺育他、呵护他,并把他抚养成风华少年的么?不能是旁人,而须由她来给他沐浴、在肩上涂油、准备早餐、看管贵重物品、裁制长袍,等等。她没留什么可以给我做、可以让我效劳于丈夫的家务活儿,而如果我尝试着行使少许贤妻之职,她便会现身,告诉我奥德修斯不爱这么做。甚至我做的长袍也不算很合身——太轻或太重,太厚实或太薄弱。"管家穿足够了,"她会说,"但肯定不适合奥德修斯。"

不过她也努力以自己的方式来善待我。"我们得让你多长点儿肉,"她说,"这样你就可以为奥德修斯生个大胖小子了!这是你的工作,其他活儿都留给我好了。"由于她是最接近于能和我交谈的人——我是说除奥德修斯之外——我渐渐地接受了她。

忒勒马科斯降生时她的作用的确是无价的。我有责任要将她载入史册。当我痛得说不出话时她向阿耳忒弥斯做祷告,握着我的手,为我擦额上的汗水。她在孩子出来时接住了他,将他洗干净,并包裹得很暖和;如果还有一件她会做的事——她总是这样对我说——那就是带孩子。她用特殊的语言对待宝宝,一种毫无意义的语言——"哦几呜,"给忒勒马科斯洗过澡后她一边为他擦干身子一边如此轻声哼道——"哦咕咕乌咕扑!"——我很不自在地想道,我那虎背熊腰、嗓音深沉的奥德修斯,这么巧于辞令,这么能言善辩,这么威严肃穆,也曾被她抱在怀里,听她咯咯咯地对他唠叨。

可我不能埋怨她对忒勒马科斯的悉心照顾。她对他的喜爱简直是无边无际。你差不多会认为孩子是她的亲生骨肉。

奥德修斯对我很满意。他当然满意了。"海伦还没生儿子呢。"他说,这应该使我很高兴。事实上确也如此。可从另一方面说,为什么他还是——也许总是——想着海伦呢?

(牧歌)

合唱歌词：忒勒马科斯的诞生

The Chorus Line: The Birth of Telemachus, An Idyll

他航行了九个月,在母亲酒红色的血海里

从那个惊悸的夜晚,从睡眠的洞穴里驶出

航行在令人不安的梦魇中

乘着他那脆弱而黑暗的船,也即他自身

穿行于其巨大母体中的险恶海洋

始发于那遥远洞窟,在那儿男人的生命之线被织出

然后被估量,再被裁剪

任由命运三姐妹摆弄,她们多么专注于其令人心惊的手艺

而女人的生命也这样被搓成丝线

我们十二位,日后将死于其手

在他父亲无情的命令之下

我们也曾乘着自身那黑暗而脆弱的小船

穿行于母亲体内的喧嚣之海,她们拖着肿胀酸痛的脚

又不是什么王后娘娘　　不过一群乌合之众

是从农奴和生人那儿买来、换来、俘虏来、绑架来的

漂泊九个月后我们上了岸

同他一样如期而至,暴露在敌意的空气中

同他一样成为婴儿,一样哇哇啼哭

同他一样感到无助,可无助的程度是他的十倍

因为他的出生是人们热烈盼望和庆祝的,我们则不是

他的母亲奉献了一位小王子。我们那些五花八门的妈妈

只是在产卵,在生羔子,下崽子,养上一窝子

产驹子,生小狗生小猫,孵蛋,趴窝

我们是可以被任意宰割的小动物

卖了,丢进井里淹死,拿去做交易,用来干活,年老衰弱了就扔掉

他是父母所生;我们只是冒出来

就像番红花、蔷薇,或是滋生在泥沼里的麻雀

我们的生活被编织在他的生活中;他是孩子时

我们也是孩子

我们是他的宠物和玩具,假扮的姐妹,他的微不足道的同伴

我们跟着他生长,跟着他嬉笑,跟着他奔跑

尽管我们没有着落,我们饥饿,晒得满脸雀斑,几乎没肉吃

　他理所当然地视我们为他所有,不论是为了

做什么：照顾并服侍他吃饭，为他洗澡，给他逗乐
摇着他睡觉，虽然我们自己的小身子已快散了架

我们哪里知道，当我们在沙地里陪伴他
就在这岩石和山羊遍地的小岛的港口旁边玩耍时
他已注定要成长为屠宰我们的少年冷血杀手
我们如果知道了，会不会趁早就淹死他？
小孩子总是残忍而自私的：谁都想活着

十二对一，他不可能逃生
我们会不会干？只需一分钟，当没人注意时？
用我们那尚年幼天真孩子气的小保姆的手
将他那尚年幼天真的脑袋按进水里
再归咎于无情的海浪。我们会不会逃过此劫？
去问布置着血红色迷宫的命运三姐妹吧
她们将男人和女人生命纠结在一起
只有她们知道事情会如何被修改
只有她们知道我们的心
从我们这儿你得不到答案

海伦毁了我的生活
Helen Ruins My Life

过了些日子我逐渐适应了我的新家园,尽管对于家务我几乎无处插手,因为欧律克勒亚和我婆婆包办了一切,决定了一切。奥德修斯自然就是王国的主宰,而他父亲莱耳忒斯会不时地干涉一下,要么反对儿子的决策,要么表示支持。换言之,对于家族里谁说了算总有一番通常的那种你争我夺,但他们有一个共识:不能我说了算。

用餐时间尤其令我感到压抑。男人的脑子里涌动着太多的暗流,太多的愠怒和怨言,我婆婆的心头则萦绕着太多的充满忧虑的沉默。我试着和她攀谈,她在回答时总是不看着我,而是冲着脚凳或桌子。仿佛要跟这些家具配套似的,她的答词也像木头一样呆板而僵硬。

我很快发现若是干脆置身事外,只管照顾忒勒马科斯,就会太平自在得多。不过那也要在欧律克勒亚容许时。"你自个儿也不比孩子大多少,"她会说,同时把我的宝宝从我怀里夺过去,"来,让我带一会儿小亲亲。你就好好享受吧。"

可是我不知如何享受。像乡下姑娘或是奴隶那样在山崖、海岸边独自漫步根本不可能:无论何时出门我都得带着两个女仆——我有着沉稳持重的名声,而国王妻子的名声是时刻有人审查的——只不过她们在我身后适当地保持了几步距离。我感到自己如同一匹得奖的马在接受检阅,披着时新的衣袍,在水手的睒睒目光及城里女人的喃喃低语之中走着。我找不到同龄且地位相当的朋友，因而这种出游没有什么乐趣可言，我的此类活动于是也越来越少。

有时我会坐在庭院里，一边将羊毛捻成线，一边听着女仆们在外屋做家务杂事的同时嬉笑歌唱。下雨时我就把纺织活儿拿到女人住的地方去做。在那儿我至少有人相伴，总有许多奴隶在织布机前忙碌。在一定程度上说我挺喜欢纺织。这种工作舒缓、富有节奏、使人气定神闲，当我坐着干活时，谁都不能——连我婆婆也不能——指责我游手好闲。倒不是她真有过这一番言语，只是像一种无声的谴责在压迫我。

有很多时候我就待在我们的房间里——我和奥德修斯的房间。这是个挺不错的屋子，能欣赏到海景，尽管还比不上我在斯巴达家里的闺房。奥德修斯在屋里放了一张很特别的床，其中一根床柱是用橄榄树削成的，树根仍然扎在地里，这样一来，他说，谁也别想搬动或是换走这张床，而这对于任何一个降生于此的孩子而言都是吉祥的预兆。这根床柱可是个天大的秘密：除了奥德修斯本人、我的女仆阿克托丽斯——她现在已死了——以及我自己，再无别人知道。如果有了关于床柱的传言，奥德修斯假装凶恶地说，他就会知道我和别的男人睡过了，那样的话——他用应该是开玩笑的神气皱着眉头冲我说——他就会非常非常地生气，只得用剑把我剁了或是将我吊在房梁上。

我装作很害怕，并说我永远永远也不会背叛他的大柱子。实际上，我真的很害怕。

不过我们最好的时光的确也是在那张床上度过的。奥德修斯一做完爱总喜欢和我说话。他和我讲了很多故事，关于他自己的真实故事，他的狩猎战果，他的劫掠征程，他专用的那张只有他拉得开的弓，以及他如何屡获雅典娜女神的垂青，因为他善于创造、工于伪装和用计，等等。不仅如此，他还讲别的故事——诅咒是怎样降临于阿特柔斯家族的，珀尔修斯怎样从冥王那里获得"隐身帽"并砍下了可恶的蛇发女怪的头；还有特修斯及其同伴珀里托俄斯如何在我堂姐还不到十二岁时诱拐并藏起了她，意欲用抽签决定他们谁将在海伦长大后娶她。特修斯没有像他一贯的做法那样强占她，因为她还只是个孩子，或者人们是这么说的。她被两个哥哥搭救，但那也是在他们成功战胜雅典人之后才得以脱身的。

这最后一个故事是我已经知道的，海伦亲口告诉过我。她的讲述完全不是那么回事：特修斯和珀里托俄斯两人都敬畏于她圣洁的美，每当他们看她时就变得虚弱无力，几乎无法近前来抱住她的膝，乞求她宽恕他们的厚颜无耻。她最津津乐道的部分是有那么多人在难典之战中送了命，她把他们的死视作呈给她的贡品。一个悲哀的事实是，人们频频为她献上溢美之词，这冲昏了她的头脑。她自恃可以为所欲为，就像生养她的那位神（对此她深信不疑）一样。

我常常想知道，若是海伦不这么热衷于虚荣，我们是否都可以免遭由她的自私和疯狂的淫欲所带给我们的苦难和悲哀。她就不能过一种常规的生活么？可是不行——常规的生活太乏味，而海伦是那么不甘寂寞。她要出风头。她渴望鹤立鸡群。

当忒勒马科斯满周岁时，灾难降临了。灾难的起因正是海伦，其间的变故如今早已家喻户晓了。

关于这场迫近的大祸的最早消息出自一位斯巴达船长之口，他把船泊在了我们的港口里。他本来在我们王国周边的岛屿间航行，做奴隶买卖。与往常招呼有一定身份的客人一样，我们设宴款待了船长并留他宿夜。这种访客是受人欢迎的新闻来源——谁过世了，谁出世了，谁最近结婚了，谁在决斗中弄出人命了，谁将自己的亲骨肉供奉给某位神灵了，等等——然而这一位的消息却是异乎寻常。

他说，海伦跟一个特洛伊王子跑了。这家伙名叫帕里斯，普里阿摩斯王的小儿子，据说长相非常英俊。两人算是一见钟情。墨涅拉俄斯因王子的尊贵地位而连续九天为他大摆筵席，帕里斯和海伦便趁此背着墨涅拉俄斯眉目传情，后者竟浑然不觉。这并不使我感到意外，因为他是个大老粗，像块砖头。毫无疑问，他满足不了海伦的虚荣心，所以她早就在等待一个能使她满足的人。接下来，墨涅拉俄斯外出参加一个葬礼，这两个相好的便干脆将能搬走的金银财宝都装上船并悄悄地扬帆而去。

墨涅拉俄斯此刻正怒火中烧，他的兄弟阿伽门农也气急败坏，因为这事实在有辱家门。他们派使者去特洛伊要求交回海伦和劫走的财宝，可使者均空手而归。与此同时，帕里斯和顽劣的海伦正躲在特洛伊的高墙后面嘲笑他们呢。闹大了，我们的客人说，带着很明显的欢喜：像我们所有人一样，他很乐意看到位高权重的人颜面扫地。大家都在谈这个，他说。

奥德修斯一边听一边脸色变得惨白，尽管他保持着沉默。不过当天晚上他向我坦露了忧愁的原因。"我们都曾发过誓，"他说，"我们是当着一匹被切碎的圣马的肉块起誓的，所以这个誓言非常有力。所有起誓的男子都将被召去捍卫墨涅拉俄斯的权利，并起程前往特洛伊，用武力夺回海伦。"他说这不是件容易事儿：特洛伊是个强大的城邦，是比起雅典来难啃得多的骨头，而海伦的兄弟们曾为了同样的原因重创过雅典。

我禁不住想说海伦本应该被锁在大车里再关进漆黑的地窖里，因为她简直就是长了腿的毒药。可我说出口的却是："你一定要去么？"想到自己没有了奥德修斯的陪伴，得独自待在伊塔刻，我不禁心乱如麻。一个人留在宫中还有什么乐趣?你会明白我说一个人的意思是没有朋友也没有同盟,我将不会有午夜的快乐来抵消欧律克勒亚的跋扈和我婆婆那令人胆寒的沉默了。

"我发过誓了,"奥德修斯说,"实际上起誓是我的主意。我很难逃避。"

不过他真的在试图逃避。当阿伽门农和墨涅拉俄斯如期而至时——随行的还有第三个人:起决定作用的帕拉墨得斯——奥德修斯已做好了准备。他四处散布传言,说他疯了,为了证明此言不虚,他戴了一顶滑稽可笑的农夫帽子,牵着一头公牛和一头驴犁地,并把盐撒播到犁沟里。我主动提出陪他们三位到田里去见证这一让人同情的场面,我觉得自己的做法很聪明。"你们会看到的,"我哭泣着说,"他再也认不得我了,连我们的宝贝儿子也不认识!"我是抱着儿子去的,以证明我说得没错。

揭穿奥德修斯的是帕拉墨得斯——他从我怀里夺过忒勒马科斯并当着众人的面丢在地下。奥德修斯要么只得背转过去,要么直奔向儿子。

于是,他不得不出征了。

其他三人恭维他说神谕已判定没有他的帮助特洛伊便打不下来。这自然能使他心安理得地开始准备行装。被认为是不可或缺的角色,我们谁能抵挡这种诱惑呢?

望穿秋水

Waiting

关于接下来的十年，我能告诉你什么？奥德修斯驾船去了特洛伊。我待在伊塔刻。太阳东升，跨越天空，西沉，我只在有些时候会想起那是太阳神的烈火战车；月亮盈亏如常，我只在有些时候会想起那是阿耳忒弥斯的银色小舟。春夏秋冬也在约定的周期里依次轮换。风时常都在刮。忒勒马科斯一年年长大了，吃了很多肉，受着所有人的娇惯。

我们不断有特洛伊战争的消息：时好时坏。吟游诗人咏唱着高贵的英雄们——阿喀琉斯、阿伽门农、埃阿斯、墨涅拉俄斯、赫克托、埃涅阿斯，以及其他勇士。我根本不把他们放在心上：我只等待奥德修斯的消息。他何时回来解除我的倦怠？他也出现在那些颂歌中，每每让我听得津津有味。他时而作了一次鼓舞士气的演说，时而使争吵不休的派系重归于好，时而制造耸人听闻的骗局让敌人上钩，时而提出明智的作战建议，甚至还乔装成逃跑的奴隶潜入特洛伊找到海伦本人，后者则——颂歌如此宣称——亲手为他沐浴、涂油。

这部分我可不爱听。

最后唱到了他所制订的木马计。接着——消息通过一座座烽火台飞快地传来——特洛伊攻陷了，屠城和劫掠的传言不绝于耳。街道被血染得殷红，王宫则火光冲天；无辜的童男被扔下悬崖，特洛伊的妇女被作为战利品瓜分，国王普里阿摩斯的女儿们也在其中。然后，终于有了希翼已久的消息：

希腊舰队起锚返乡了。

然后,就没了音信。

日复一日我登上宫殿顶层眺望海港,日复一日没有丝毫丈夫回家的迹象。有时会有船来,但并非我所企盼的。

别的船只载来了种种传闻。一些人说,奥德修斯及其人马在第一个停靠港喝醉了,他的手下造反了;其他人说不,他的手下吃了一种有魔力的植物,失去了记忆,奥德修斯将他们缚住送上船,从而挽救了他们。一些人说奥德修斯与独眼巨人干了一架;另一位说不,那只是个独眼的客栈老板,打架不过是因为没付账。一些人说一部分战士被食人者吃了;其他人说不,那只是寻常的斗殴,咬耳朵啦,流鼻血啦,使刀子啦,捅出内脏啦什么的。一些人说奥德修斯来到一座被施了魔法的小岛,成为一位仙女的座上客;她将他的人变成了猪——在我看来这并非难事——但又把他们变了回去,因为她爱上了他,并用自己的仙手为他准备了闻所未闻的珍馐,两人还每晚疯狂地做爱。其他人说不,那不过是家昂贵的妓院,而他则吃了老鸨的白食。

无须说,吟游诗人们运用了这些题材并添枝加叶了一番。他们总是当着我的面歌功颂德——奥德修斯是如何聪明、勇敢、足智多谋,如何与妖魔搏杀,以及如何深得众女神的垂青。唯一迟迟不归的原因是有一位神——有些人说是海神波塞冬——在和他作对，因为被奥德修斯弄残废的独眼巨人是波塞冬的儿子。或者有好几位神在和他作对——或者是命运三姐妹，或者是别的什么神仙。可以肯定的是——吟游诗人们通过赞美我而暗示道——只有强大的神力才能阻挡我丈夫用最急切的步伐回到我那亲爱的——可爱的——贤惠的怀抱中。

他们堆砌的辞藻越多，就指望我赏给他们越贵重的礼物。我总是迁就他们。当你得不到其他满足时，一句明摆着虚假的赞美也多少是点儿安慰。

我婆婆死了，像干泥巴那样皱缩成一团。她是久盼成疾，满以为奥德修斯再也不会回来了。在她看来这是我的错而不怪海伦：要是我没把孩子抱到耕地里该多好！老欧律克勒亚变得更老了。我公公莱耳忒斯也是如此。他对宫廷生活失去了兴趣，搬到了乡村，在他的一个农庄里捣鼓，人们可以看见他衣衫褴褛地四处踯躅，嘟哝着什么梨树的事情。我怀疑他的脑筋有些痴呆了。

现在我独自一人掌管着奥德修斯庞大的家产。年轻时在斯巴达我没有做过任何这方面的准备，我毕竟是公主，经营财产都是别人的职责，我母亲尽管身为王后，但也没有树立什么好榜样。她对豪华宫殿里的各种肉食不感兴趣,而那时大快朵颐正是宫廷饮食的主要特色;她至多也就偏爱吃一两条小鱼,再配上些海藻。她习惯吃生鱼,先吃头,这让我看了既害怕又着迷。我有没有忘记告诉你们她长着很细很尖的牙齿?

她不喜欢对奴隶发号施令并惩罚他们,尽管她会忽然杀掉一个惹她生气的——她没有理解他们和财产一样是有价值的——而她也用不着纺纱织布。"要打那么多结。蜘蛛干的活儿。留给阿拉克尼(古传系吕底亚之少女,与女神雅典娜竞赛织绣获胜,被点化为蜘蛛。——译注)做吧。"她会说,至于日常对食品供应、酒窖以及储藏于巨大的宫廷仓库并被她称为"凡人的金玩具"的管理,她只是一笑了之。"水仙只会数三以内的数,"她说,"鱼是一群群来的,不按次序的,一条鱼,两条鱼,三条鱼,又一条,又一条,又一条!我们就这么数!"她如潺潺流水般嬉笑起来,"我们仙人可不是守财奴——我们不用储存!这毫无意义。"说完,她便滑行到宫廷的喷泉去喝一口水,或是一连数天消失不见,和海豚说笑话、捉弄蛤蜊去了。

因而在伊塔刻的王宫里我得从头学。起初我受到了企图操办一切的欧律克勒亚的阻挠,但最终她认识到要做的事情太多了,即便像她这么马不停蹄的人也忙不过来。一年年过去了,我发觉自己造了不少财产清册——哪儿有奴隶,哪儿就肯定有偷窃，如果你不盯紧一点儿的话——还制定了宫里的菜单和衣着标准。虽然奴隶的衣料很粗糙，但一段时间后也会破损，所以我得告诉织工该做什么样的布。磨谷工位于奴隶等级的最低层次，被关在谷仓里做苦力——通常他们是因品行不端而被遣送到那儿的，有时他们之间会有争斗，所以我还要提防奴隶内部的憎恨和仇杀。

男性奴隶未经允许不能和女奴睡觉。这种事处理起来会比较棘手。有时他们就和其主子一样萌发爱情、心生嫉妒，并惹出很多麻烦。如果弄得不可收拾了，我自然只得卖掉他们。但要是其中的一对生了个漂亮孩子，我便常常将其留下并亲自抚养，把孩子调教成体面而讨人喜欢的奴仆。可能我对一些孩子太溺爱了，欧律克勒亚经常这么说。

"俏脸蛋儿"墨兰托就是其中的一个。

我通过管家与商人做买卖，换取补给品，并很快获得了聪明的生意人的名声。我通过工头检查农庄和畜群的经营，懂得了一点儿养牛放羊的知识，以及怎样防止母猪吃自己的猪崽。随着农艺日渐精通，我喜欢上了关于这些又粗又脏的活计的话题。当我的猪倌来向我讨教时，我的自豪感便油然而生。

我的方针是悉心照管奥德修斯的家产，这样他回来时拥有的财富就会比走的时候还要多——更多的羊，更多的牛，更多的猪，更多的麦田，更多的奴隶。我的脑海里清晰地浮现出这样的画面——奥德修斯回来了，而我以一副小女子的谦卑模样向他展现我把一份通常被认作属于男人的工作做得如此之好。当然是以他的名义。永远是为了他。他的脸色将会怎样的容光焕发！他对我将会怎样地满意啊！"你的价值抵得上一千个海伦。"他会说。难道他不会么？然后他便温柔地将我紧紧揽入怀中。

尽管这么忙碌且要担待这么多责任，我还是越发感到孤独。有明智的顾问在我左右么？说真的，除了自己我还能依靠谁？不知有多少个夜晚我是在哭泣中入眠的，或是祈祷神灵要么带给我心爱的丈夫，要么赐我速死。欧律克勒亚为我洗澡，并送上晚间的饮料，给了我不少安适，但这是要付出代价的。她有个令我恼火的习惯，就是诵读一些用来使我恪守清规、激励我为家族奉献、努力工作的民谣，比如：

日上三竿还哭泣
盘子别想码得齐

或者：

姑娘家整日里哀声抱怨

别人吃肉她得靠边

或者:

女主人爱偷懒,做奴才的就大胆,
让干什么就不愿去干,
做贼子做婊子做赖子:
不揍一顿就不成样子!

以及很多类似的顺口溜。要不是看她这把年纪我真想给她一巴掌。

然而她的训诫肯定是起了些作用的,因为在白天我总算能保持愉快和充满希望的外表,即使不为我自己,至少也为了忒勒马科斯。我给他讲奥德修斯的故事——他是多么卓越的战士,多么聪明,多么英俊,等他回家时一切又将立即变得多么美好。

人们对我的好奇心与日俱增,对名人的妻子——抑或是遗孀?——总是如此;外国船只来得更勤了,带来了新的传闻。它们还带了零星的试探：如果奥德修斯被证实死了（神保佑他），我有无可能接受他人的求爱？我和我的财产。我对这些暗示不予理会，我丈夫的消息——可疑的消息，但毕竟是消息——还在纷至沓来。

一些人说奥德修斯曾到冥界向鬼魂请教；其他人说不，他只是在一个阴暗昏黑、满是蝙蝠的古老洞穴里住了一宿。有人说他在船经过蛊惑人心的塞壬那里时让手下以蜡封耳，那些塞壬是半鸟半人的妖妇，诱惑男人上她们的岛并吃掉他们；不过他没有封住耳朵，而是将自己捆在桅杆上，这样就可以听到她们难以抵御的歌声而又不至于跳下船。另一位说不，那是一家高级的西西里窑子——那儿的高级妓女以其音乐才能和羽毛似的奇装异服而远近闻名。

很难知道该相信什么。有时候我觉得人们编造这些故事仅仅是为了恐吓我，或是为了看到我热泪盈眶。折磨弱者肯定是别有一番乐趣的。

不过有传闻总比没有强，因而我贪婪地听着这一切。但又过了几年所有的传闻都销声匿迹了：奥德修斯仿佛遁入了地下。

(船夫曲)

合唱歌词：老谋深算的船长

The Chorus Line: The Wily Sea Captain, A Sea Shanty

由众女仆身着水手服演唱。

哦,老谋深算的奥德修斯起航离开了特洛伊,
船上载满战利品而心中充满了欣喜,
他是雅典娜钟爱的慧眼孩子,
精通说谎、扒窃和耍诡计!

他停靠的第一个地方岸边开满了芬芳的莲花,
我们水手流连于此一心想忘记战争的可怕;
虽然我们已经心力交瘁,
可很快又被拖上黝黑的战船再次出发。

接着恐怖幻独眼巨人又是一场横祸,
我们挖了他的眼睛因为他要将我们活剥;
我们的伙计说"我是无人"之后又吹嘘:

"奥德修斯,骗术之王,那便是我!"
他的敌人波塞冬为此降下诅咒,
就算到天涯海角那咒语也尾随左右,
一大口袋的狂风将劲吹不休
朝着奥德修斯,最老练的弄潮儿!

在《奥德赛》中,奥德修斯遭遇海神波塞冬之子独眼巨人时自称"无人",巨人的独眼被刺瞎后向本族兄弟哀告:"无人,无人谋杀我!"本族兄弟便说:"既然无人伤害你,你在这里叫唤什么?"——译注

在《奥德赛》中,奥德修斯率众途经一岛屿时,其主人埃洛斯送给他一只装了各种风的大皮口袋。就在他们即将返回伊塔刻时他的伙伴们出于好奇将风袋打开,巨风把他们重新吹回到海上。——译注

为我们船长的健康干杯,他那么豪侠仗义,
无论被困在礁石上还是安睡于树底,
抑或辗转于海中的仙女的温柔臂膀,
那儿我们可都很想去呀,哥们儿!

然后我们遭遇了邪恶的莱斯特律戈涅斯族,
把我们的人从头到脚都吞下肚,
他很后悔曾向他们讨要食物,
啊,奥德修斯,史诗里的伟丈夫!

在喀耳刻女神的岛上我们被变成了猪猡,
直到奥德修斯与仙女云雨一番才将我们解脱;
接着他尽情享用她备下的珍馐异果,
他在她檐下做了一整年快乐的房客!

那么为我们船长的健康干杯吧,无论他流落何方,
在宽阔的大海里翻滚踏浪。
奥德修斯,狡黠又老练的怪客,
从来不曾急于还乡。

之后他扬帆起程操舟驾舵,驶向亡魂之岛,
将土沟灌满绵羊血,挟制了做鬼的男女老少,
直至预言家提瑞西阿斯把未来相告,
奥德修斯,最会欺诈的说客!

接下来他与塞壬甜美的歌声进行了搏斗,
她们企图引诱他葬身于一片温柔。
他被缚在桅杆上咆哮又怒吼,
可唯独他知道她们的杀人计谋!

卡律布迪斯的大漩涡没法将我们的头儿吞噬,
他还逃过了蛇头怪斯库拉的巨牙利齿,
面对能将人碾碎的险恶暗礁他镇定自如,
再猛烈的撞击他都泰然处之!

对于他的号令我们一伙人阳奉阴违,
宰杀了祭献给太阳神的牛羊,那味道是多么鲜美,
一场风暴送了我们的命,他却登上了女神卡吕普索的仙岛,
我们的船长未受连累。

在女神的热吻与求爱之下又过了七年,
他乘小船逃走并飘零在浪尖,
最终在沙滩上遇上一群洗衣的姑娘,其中有美丽的公主

瑙西卡,
　　哦,他是湿淋淋地赤裸着身子同她们打了照面!

　　然后他诉说了他的冒险和奇遇,
　　千百回灾难和横祸不胜枚举,
　　谁也不知命运女神作何考虑,
　　包括奥德修斯,那高明的伪装者!

　　那么为我们船长的健康干杯吧,不管他身处何地,
　　无论是走在土地上还是游荡在海里,
　　他不像我们,无须待在阴间的府第——
　　而我们什么也不能留下,给你这样的智者!

求婚人大吃大喝

The Suitors Stuff Their Faces

有一天——如果那还能算天的话——当我漫游在原野上嚼着些金穗花时，我邂逅了安提诺俄斯，他通常都披挂着他最好的斗篷和长袍，别着金胸针等饰物，一副好斗倨傲的样子，还用肩膀把其他鬼魂顶到一边；可他一瞧见我便换成被打死时自己尸首的模样，血从胸口汩汩流出，脖子上还贯穿了一支箭。

他是奥德修斯第一个射死的求婚者。他这副带着箭的装扮显示出谴责的意味，或者说他想表达这样的意思，但是对我却没有什么作用。此人活着时便是个祸害，现在还是个祸害。

"你好呀，安提诺俄斯，"我对他说，"我希望你把箭从脖子上拿下来。"

"这是我的爱之箭，圣洁的珀涅罗珀，最美丽最聪明的女人啊，"他答道，'尽管它发自奥德修斯那张闻名遐迩的弓，但真正残酷的射手却是丘比特自己。我带着它是要铭记我对你炽烈的热情，从进坟墓那刻起就一直带着了。'他继续虚情假意地絮叨了半天，他活着时这些话就已不知演练过多少回。

"得了吧，安提诺俄斯，"我说，"我们现在是死人。你不必用这种愚蠢的方式来跟我胡扯——你什么也得不到。你那人人皆知的伪善已经没有用了。所以暂且行行好把箭拔了吧。这并不能给你的外貌增色。"

他阴郁地凝视着我，那眼神如同一只挨了鞭子的哈巴狗。"昔年是那么寡情，如今还如此无义。"他叹道。不过那箭倒是没了踪影,血也消失了,灰绿惨白的面色也恢复了正常。

"谢谢,"我说,"这还差不多。现在我们可以做朋友了。当我是朋友的话就告诉我——你们这些求婚人为什么要冒着生命危险,用那么蛮横无理的态度对待我、对待奥德修斯,而且不肯善罢甘休,要年复一年地纠缠?你们并不是没有受到警告。先知已预言过你们的末日,宙斯自己也用鸟儿和意味深长的雷鸣来昭示凶兆了。"

安提诺俄斯叹了口气。"神想要毁灭我们。"他说。

"所有人做了坏事都用这个作借口,"我说,"请说实话。很难说是为的我圣洁美丽吧。到后来我已三十五岁了,烦恼和哭泣使我精疲力竭,而且你我都知道我腰部长了不少赘肉。奥德修斯出发去特洛伊时你们这些求婚人还没出世呢,或者只是和我儿子忒勒马科斯一样大的婴孩,或至多是小孩儿,所以实际点儿说我年纪大得可以做你们的母亲。你们胡说什么我如何使得你们双膝发软,你们如何渴望与我同床生子,可是你们明明知道我差不多已过了生育的年龄。"

"说不定还能再挤出一两个小崽子。"安提诺俄斯回答得很下流,他几乎掩饰不住几许傻笑。

"这么讲还比较像样,"我说,"我更喜欢直来直去的回答。那么,你真实的动机是什么?"

"很自然,我们想要财产,"他说,"更别提整个王国了。"

这回他放肆地笑出了声。"哪个小伙儿不想娶个有钱有名的寡妇？寡妇应该是骚劲儿很足的，特别是丈夫失踪或死了那么长时间，就像你丈夫那样。你跟海伦毕竟不同，但我们还能将就。黑暗可以掩藏很多东西！你比我们大二十岁，这样更好——你会先死，我们也许还可以助你一臂之力，那样的话，有了你的财产，年轻漂亮的公主我们还不随便挑？你不会真的以为我们是爱你而疯狂的吧？虽说你的长相不出众，但你一直都很聪明。"

我说过我更喜欢直来直去的回答，但当然谁都不喜欢这么不中听的话。"谢谢你的直率，"我冷冷地说，"总算道出了你的真实感受，一定是个解脱吧。你可以再把箭插上去了。老实说，每次看见它捅穿了你那贪得无厌、假话连篇的脖子，我都要高兴一阵。"

求婚人并非是立刻冒出来的。在奥德修斯不在的最初九或十年间我们知道他的下落——在特洛伊——我们也知道他还活着。不，直到希望变得越发渺茫并行将破灭时，他们才开始将王宫围困起来。一开始来了五个，然后是十个，然后五十个——来的人越多，吸引的人就越多，大家都唯恐错过这不散的筵席和抽彩做乘龙快婿的机会。他们就像发现了死牛的秃鹫：一只降落下来，就会有第二只，直至方圆数英里的所有秃鹫都赶来撕咬尸块。

他们就这么自称是我的客人,每天进宫把我强认作应该招待他们的主人。接着,他们欺我软弱无力且缺乏人手,自说自话地享用起我们的牲口来。他们自己动手屠宰牛羊,让他们的仆人帮着烤肉,把我的女仆呼来唤去,还掐她们的屁股,好像在自家一样。令人惊讶的是他们竟够塞进这么多食物——他们狼吞虎咽的样子活像他们的腿都饿空了。大家似乎都在比谁吃得多——他们的目标便是要把我吃穷,以消磨我的抵制力,因而堆积如山的肉和面包、汇流成河的美酒都消失在他们的喉咙里,仿佛大地裂开了口吞噬了一切。他们说就要这么继续下去,直到我选择了其中一人作为丈夫。在狂饮滥食之余他们还愚不可及地称颂我的美艳、我的美德和我的智慧。

我无法伪称自己对这些话就没有一点儿好感。每个人都免不了——我们都爱听奉承话,即使我们并不相信。不过我还是试着像欣赏奇观或读打油诗那样去看待他们的滑稽表演。他们会用上什么新的比喻?哪一位会最逼真地装作看见我就欣喜若狂?偶尔我也——在两个女仆的陪同下——出现在他们摆酒席的厅堂里,只为了看看他们是如何超水平发挥的。安菲诺摩斯通常以吃相文雅取胜,尽管他远非食量最大者。我得承认我偶尔也会做做白日梦,幻想要是真的跟其中一个上床,我会挑哪一个。

之后,女仆们会告诉我求婚人在背后是怎么拿我取笑的。当被迫去服侍他们吃喝时,她们便在我的授意下偷听他们讲话。

求婚人私下里说了我什么?这儿有几个例子。一等奖,跟珀涅罗珀上一个星期床;二等奖,跟珀涅罗珀上两个星期床。闭上眼睛,她们都一样——只管想象她是海伦好了,这会让你那杆枪硬起来。哈哈!那老母狗什么时候才下得了决心?咱把那小子杀了吧,趁他还嫩除掉他——这小畜生开始让我觉得紧张了。怎么就没人出手把这头老母牛抢走呢?不,伙计们,那就算作弊了。我们可说好的,谁赢了都得向其他人奉送礼物,我们都同意的,对吧?我们都是拴在一块儿的,要么去做,要么死。你照着做了,她就不会有活路,因为不管谁赢了都会把她干到死为止。哈哈哈。

有时我寻思女仆们是不是太添枝加叶了,她们准是兴奋过了头,或就是想捉弄我。她们似乎乐于作这样的汇报,尤其是当我眼泪夺眶而出,祈祷灰眼睛的雅典娜要么把奥德修斯带回来,要么快结束我的苦难时。然后她们的眼泪也夺眶而出,又哭又嚎,并端来给我安慰的饮料。这对她们的神经也是放松。

欧律克勒亚对这些恶语中伤的报告最起劲,也不知这些话真是他们说的还是她杜撰的:很可能是她要让我铁了心去抵挡求婚人及其热烈的追求,这样我就将把忠贞守到最后一息。她永远都是最忠实于奥德修斯的人。

我如何能阻止这些凶暴的贵族子弟呢？他们正值青春年少，因而诉诸他们的慷慨宽大、试图与他们谈道论理、威胁他们要遭因果报应，等等，都无济于事，谁也不肯退却，唯恐其他人讥笑他是懦夫。向他们的父母抗议也没有用：他们的家人必然会从中捞到不少。忒勒马科斯年纪尚小，不足以对付他们，而且无论如何他只有一人，而他面对的是一百一十二人，或一百零八人，或是一百二十人——这么多人很难数清。对奥德修斯效忠的人随他出海去了特洛伊，留下的那些本来也许会支持我的人都因求婚者人多势众而害怕得不敢站出来说话。

我知道撵走这些求婚人，或是紧闭宫门都没有任何好处。假如我试图这么做了，他们便会凶相毕露，便不必通过劝服来赢得我，而是将肆无忌惮地凭武力掠夺。可我是水仙的女儿；我记得母亲的谆谆教导。要做得像水一样，我告诉自己。别和他们硬顶。他们企图抓住你时，就从他们指间滑走。绕过他们向前流淌。

为此，我假装以赞许的态度来看待他们的求爱，当然也就是在理论上。我甚至还一个接一个地鼓励他们，并给他们送去密信。不过，我告诉他们，在开始挑选之前，我必须使自己相信奥德修斯再也不会回来了。

寿衣
The Shroud

我承受的压力与日俱增。我终日待在自己房间里——不是我以前和奥德修斯共寝的房间，不是的，那儿使我受不了——而是妇女生活区内的一间房。我躺在床上哭泣，不知道到底该怎么做。我当然不愿意嫁给那些无礼的小畜生中的任何一个。然而我的儿子忒勒马科斯，正在一天天长大——差不多和求婚人一般大——并开始用奇怪的眼神打量我，认定他继承的这些家产明摆着正在被求婚者狼吞虎咽地瓜分，而我则难辞其咎。

假如我就此卷铺盖回我斯巴达的父王伊卡里俄斯那儿，忒勒马科斯则好办多了。不过要让我自愿回去的可能性是零：我可不想再次被扔进海里。忒勒马科斯起先认为从他的角度看，我回娘家是件好事，但仔细一想——在做了计算以后——他认识到宫里相当一部分金银财宝将随我一起运走，因为那是我的嫁妆。假如我留在伊塔刻嫁给这其中的一个贵族子弟，那么后者将成为国王、他的继父，可以对他行使权力。听命于一个比自己大不了多少的年轻人可不是什么舒心的事。

说实在的，对他而言最好的解决办法是我体面地死去，这样他不用受任何谴责。如果他像俄瑞斯忒斯那样去做——但与俄瑞斯忒斯不同，他找不到理由（俄瑞斯忒斯弑母是因为其母与情夫合谋害死了其夫阿伽门农。——译注）——杀死他母亲，他就会招来厄里倪厄斯——长着蛇发、狗头和蝙蝠翅的令人胆寒的复仇三女神——她们将会狂吠着、嘶嘶叫着追打他，用鞭子狠狠抽他，直到把他逼疯。而且由于他是出于最卑鄙的动机——攫取财产——残忍地杀死我的，他将不可能在神殿里洗清自己，他已沾染了我的血，将在癫狂中遭遇最恐怖的死亡。

母亲的生命是神圣的。甚至一个行为败坏的母亲的生命也是神圣的——我那谋杀亲夫、残害亲骨肉的奸恶堂姐克吕泰涅斯特拉便是如此。没有人说过我是行为败坏的母亲，可我实在不敢恭维我自己儿子粗暴地扔给我的只言片语和充满怨恨的眼神。

当求婚人发动攻势时，我提醒过他们神谕已宣告奥德修斯终将归来，然而年复一年他迟迟没有出现，他们对神谕的信赖也越来越淡薄。可能预言家误解了神谕，他们声称：神谕是出了名的模棱两可。甚至我也开始怀疑了，最后也不得不同意——至少在公开场合——奥德修斯大概已死了。然而按理说他该在我梦中显灵的，而他从没有来过。我很相信若是他不巧去了地府，一定会从那个阴暗的国度里给我捎几句话来。

我一直在考虑有什么办法可以推迟非得作决定的那

一天，而不用感到自责。终于我想出了一条计策。日后当我讲起这个故事时我总推说是智慧与技艺女神雅典娜在为我出谋划策。也许是这么回事，不过把一个人的灵感归功于某位神仙来都不失为明智之举，如果计策成功则避免别人指责你骄傲，如果失败了过错自然也不是你的。

我是这么做的。我在自己的织机上挂了一大团织线，并称那是为我公公莱耳忒斯准备的寿衣，倘若他有什么三长两短，而我不能拿出精贵的裹尸布来将是极不尊敬的。在这件庄严的工作完成之前，我不可以考虑改嫁，但一旦完工我会挑出一位幸运儿并尽快完婚。

（莱耳忒斯对我的想法不甚满意：在得知此消息后他更少来宫中了。万一哪个性急的求婚人早早地给莱耳忒斯送终，强迫我给他穿上寿衣埋了，不论寿衣有无做好，再赶着举行我自己的婚礼，那可怎么办？）

没有人能对此提出异议，这是一项极为虔敬的工作。我终日守着织机勤勉劳作，并吐露出忧郁的言辞，比如，"这寿衣让我穿会比莱耳忒斯更合适，我是多么悲惨，神灵认定了要我守活寡"。可到了夜晚我会把织好的部分尽数拆开，于是寿衣的织造一点儿也没进展。

我挑了十二个女仆来帮助我完成这项艰苦的工

作——都是年纪最小的，因为她们自小就一直跟着我。当她们还是婴孩时我就买下或得到了她们，将她们作为忒勒马科斯的玩伴抚养，并用心训练她们，使之对该明白的一切宫中事务都能应付自如。她们是群令人愉快的姑娘，精力充沛，虽有点吵闹有时还会傻笑，就像所有小丫鬟那样，但听她们咭咭咯咯地说话、唱歌还是让我很快活。她们声音甜美，无一例外，而且良好的教养也使其知道如何谈吐。

她们是我在宫里最信任的耳目，正是她们三年如一日地在夜深人静时锁上门、点着火把帮我拆织布。虽然我们不得不非常小心，说话声压得很低，但那些夜晚有一种过节的气氛，甚至，有一种欢闹的意味。"俏脸蛋儿"墨兰托还偷偷地带来夜宵——时令无花果、蘸蜜面包、冬季温过的葡萄酒。我们一边做着破坏工作一边讲故事；我们出谜语；我们编笑话。在火把摇曳的光线中，我们白天紧绷的面孔变柔和了，举止也有了变化。我们简直成了姐妹。到了清晨，我们的眼眶因缺少睡眠而发黑，我们交换着同谋者会心的微笑，还时常飞快地捏捏彼此的手。她们那些"好的，夫人"和"不，夫人"几乎是笑着说出来的，好像不论是她们还是我都不会把她们奴颜婢膝的姿态当真。

不幸的是她们其中一人泄露了我那永无休止的纺织活儿的秘密。我肯定那是一起意外：年轻人免不了粗枝大叶，而她准是说漏了嘴。我至今也不知是谁：在这阴暗的地方她们总是同出同没，一见我接近便飞快地躲开，仿佛曾被我深深地伤害过。可我从来不会伤害她们，不会故意为之。

严格地说，我的秘密走漏了风声，这得归咎于我自己。我让十二个女仆——都是最讨人喜欢、最能逗趣的——盘桓在求婚人周围打探他们，可以使用一切她们能想到的诱惑人的招数。除了我与当事的女仆，谁也不知我的指示；我决定不告诉欧律克勒亚——如今看来，这是个严重的错误。

计划的进展令我极为痛心。有几个姑娘不幸被强暴了，其他几个则被诱奸，或是在重压之下放弃了反抗，选择了顺从。

大户人家或王宫里的客人与女仆睡觉并非什么稀罕事儿。招待客人通宵欢闹作乐被视为主人好客的一个方面，而该主人通常会慷慨地召来最中意的女孩——但若未经同意便擅自玩弄仆人则是极少见的。这样的行径等同于偷窃。

然而，这里却没有房子主人。所以求婚人就和享用牛羊猪一样自作主张地享用着女仆。他们大概不假思索就干了。

我尽力安慰姑娘们。她们很有负罪感，几个遭到强奸的还需照料护理。我把这个任务交给了欧律克勒亚，她诅咒穷凶极恶的求婚人并为姑娘们沐浴，作为特别待遇，她还拿我专用的熏香橄榄油为她们擦拭身子。她对干这个活儿颇有怨言。可能她讨厌我对姑娘们的钟爱。她说我正在宠坏她们，使她们自以为了不得了。

"没关系，"我对她们说，"你们得装着爱上了这些人。如果他们认为你们站在他们一边，他们会吐露计划的。这是为主人效劳的一种方式，他回家后一定会对你们非常满意。"这使她们觉得好受了些。

我甚至指使她们用粗鲁无礼的语言来说我和忒勒马科斯以及奥德修斯，使他们更相信自己的错觉。她们欣然接受了这一差事："俏脸蛋儿"墨兰托干这个特别拿手，编造那些恶言恶语使她觉得很好玩。把服从和反抗结合在同一件事中，这让她们乐不可支。

这个把戏并非完全是假象。有几个女孩儿真的爱上了糟蹋过她们的男人。我想这是无法避免的。她们以为我不明白是怎么回事，其实我知道得一清二楚，但我原谅了她们。她们年幼无知又没经验，况且在伊塔刻，并非每个女奴都可以吹嘘自己是贵族青年的情妇的。不过，无论爱恨与否，无论有没有在午夜外出，她们都继续向我报告一切有用的情况。

于是我愚蠢地认为自己非常英明。回首往昔，我才知道我采取的行动是多么欠考虑，引发了多么大的伤害。可那会儿我的时间所剩无多，变得越来越绝望，我不得不使用一切计谋。

当求婚人发觉我在寿衣上使的花招后，便趁夜闯入我的住处，当场揭穿了我的底细。他们气坏了，其中很大一部分原因是自己被一个女人耍弄了。他们大发雷霆，而我只有为自己辩解的份儿。我不得不保证尽快织完寿衣，之后务必选择他们其中一人为丈夫。

寿衣事件几乎立刻成为一个故事。所谓的"珀涅罗珀的织网"（Penelope's Web，已列入英语成语，意为永远做不完的工作。——译注），人们以此表示任何一种无法完成的神秘工作。我不大喜欢"织网"一词。如果寿衣是网，那我就是蜘蛛了。可我没想过要像捕捉苍蝇那样捕捉男人。相反，我只是在企图摆脱他们对我的纠缠。

噩梦

Bad Dreams

现在我的磨难中最黑暗的时期来临了。我流了那么多泪，我想我要化为河流或是泉水了，就像传说里讲的那样。不管我如何祈祷，献上多少祭品，观察了多少兆相，我丈夫仍然迟迟不归。而雪上加霜的是，忒勒马科斯到了开始对我颐指气使的年纪。我独自掌管宫廷事务近二十年时间，现在他倒是要作为奥德修斯的儿子发号施令了。他开始频频现身于大厅，鲁莽地与求婚人针锋相对，我敢肯定这样下去他必会招致杀身之祸。他必定会搞出什么少年人的那种有勇无谋的冒险活动。

果然，他悄悄地乘船走了，去追寻父亲的下落，甚至都没有找我商量。这是对我的极大侮辱，可是现在我无暇多想这个，因为我的心腹丫鬟告诉我，求婚人得知我儿子胆大妄为的举动后，正派船潜伏起来，准备在他回来的航路上杀掉他。

那些歌里唱到，求婚人的使者墨冬向我揭发了这件事，情况的确如此。不过我已从女仆那儿得知了。但我还得表现出惊讶的样子，不然的话，保持中立的墨冬便会知道我有自己的消息来源。

唉，很自然，我一个趔趄跌坐在门槛上恸哭失声，我所有的女仆——那十二个我最喜欢的，还有其他的——也陪着落了泪。我责怪她们既没有告诉我儿子的出走，又没有阻拦他，直到爱管闲事的老仆欧律克勒亚承认说是她帮助并怂恿了他。她说他俩瞒着我的唯一原因就是不想让我心生烦恼。不过到头来一切都会好起来的，她补充道，因为神灵是公正的。

我差点儿就要说我到现在还没看见一丝一毫的迹象。

就在局面如此凄惨，就在我终日泪流如河不过还没把自己变成一汪泪池的时候，我总能——很幸运——安然入睡。而在睡觉时，我就做梦。那天晚上我做了一连串的梦，这些梦没有被记录下来，因为我从未对活人讲过。在其中一个梦中，奥德修斯的头被独眼巨人拍碎了，脑子也给吃掉了；在另一个梦里，他从船上跳进水里向塞壬游去，后者正唱着迷人甜美的歌，就像我的女仆，可她们已然伸出了鹰一般的利爪准备把他撕碎；还有一个梦里，他正在和一个美丽的女神做爱，而且显然陶醉其中。然后那女神变成了海伦，她挂着一丝邪恶的傻笑目光越过我丈夫赤裸的肩膀瞧着我。这真是个噩梦，我为此惊醒过来，并祈祷那只是睡神摩耳甫斯从象牙门里放出的一个假梦，而不是从牛角门里放出的真梦。

我又睡着了，并终于做了个令我安慰的梦。这个梦我对人说了，也许你听到过。我的姐姐伊芙提美——她比我大许多，我几乎不怎么认识她，她早就远嫁了——来到我的屋子，站在我床头，告诉我是雅典娜本人遣她来的，因为神不愿让我饱受煎熬。她捎来的信息是忒勒马科斯将平安返回。

可当我向她打听奥德修斯的下落时，她则拒绝回答，并迅速离开了。

神不愿让我饱受煎熬，得了吧。他们只会戏弄人。我不过是条流浪的狗，他们用石块砸我或是点燃我的尾巴不过是为了取乐。他们想品味的不是动物的肥肉骨头，而是我们的苦痛。

（叙事歌谣）

合唱歌词：理想爱人
The Chorus Line: Dreamboats, A Ballad

睡觉是我们唯一的休息时间，
那时我们可以相安无事：
我们不用打扫清洗，
不用擦拭地上的油脂。

可以避开所有那些贵族，
不用被追逐得上气不接下气，
或是在尘土里跌打滚爬，
那些蠢货总想占我们的便宜。

而当我们入睡时我们喜欢做梦：
我们梦见自己到了海上，
乘着金色的船在波涛中航行，
多么快乐、自由和清爽。

在梦中我们都穿亮闪闪的红裙子，
每个人都那么美丽精神；

我们和所有爱恋着的男子睡觉,
奉献给他们无数的亲吻。

白天他们以盛宴款待,
夜晚我们则起舞翩翩;
我们把他们带上金色的船,
在海上漂荡一整年。

一切都充满欢笑和谐,
没有痛苦的眼泪,
因为在我们的金色国度里,
法律政令是那么慈悲。

可接着黎明唤醒了我们:
我们又重新开始辛苦劳碌;
还得听从命令撩起衣裙,
忍受所有流氓无赖的凌辱。

海伦的消息
News of Helen

忒勒马科斯避开了伏击，安全返家，这更多得归于运气好而不是计划得好。我迎接他时流下了喜悦的泪水，女仆们也都哭了。到现在我还是很遗憾，因为我的独子和我接下来爆发了一场激烈的口角。

"你的脑子真是蠢透了！"我怒不可遏地说，"怎敢就这么搞一条船说走就走，也根本不经我同意？你比毛孩子大不了多少！你完全没有统领舰船的经验！你可以丢五十多回性命！那要是你父亲回来了会怎么说？肯定全是我玩忽职守没有看管好你的过错！"如此等等。

这些都不是恰当的措辞。忒勒马科斯那时气焰正盛。他否认自己仍是个孩子，并夸耀自己的男子气概——他回来了，不是么，这足以证明他清楚自己在做什么。然后他说了一番话来挑战我做母亲的权威：他拿走一条船不必请示任何人，那或多或少是他该继承的财产，而他还能保住什么财产更无须对我心怀感激，因为我没有担起守家的责任，这份基业正在被求婚人坐吃山空。然后他说自己做了必须作的决定——他是去打听父亲下落的，因为其他人谁也不曾动过这个念头。他宣称他父亲会为他有这般骨气、为他摆脱女人的管束而骄傲，那些女人通常只会感情用事，没有理智也没有见地。

他说的"女人"就是我了。他怎么能将自己的母亲称作"女人"？

我除了放声大哭还能怎样？然后我又絮叨起来，诸如"这就是我得到的感谢吗""你根本不懂我为了你吃了多少苦""没有哪个女人该遭这份罪""我还不如死了算了"。可恐怕他这些都听过了，他抱着胳膊翻着眼睛，以示自己很恼怒并等着我说完。

吵完后我们便平息下来。忒勒马科斯在女仆的伺候下舒舒服服地洗了个澡。接着她们又为他准备了丰盛的晚餐，他还邀来了几个朋友——名叫比雷埃夫斯和忒俄克吕墨诺斯。比雷埃夫斯是伊塔刻人，也是我儿子秘密出海的同谋。我决定过后要与他谈谈，并让其家长知道他们把孩子放纵成什么样了。忒俄克吕墨诺斯是个陌生人。他看起来好像不错，但我得记住要花工夫查一下他的家系，像忒勒马科斯这么大的少年交友不慎简直是太容易了。

忒勒马科斯狼吞虎咽地吃完了一桌酒肉，我怪自己没有把他的饭桌礼仪教好。谁能说我没有尽力呢？可每当我责备他时，那个老女人欧律克勒亚就会出来干涉。"好了闺女，让孩子吃得开心点嘛，时间有的是，等他长大了再学规矩也不迟。"她还会这么拿腔拿调地说上一大堆。

"苗弯树就斜。"我会说。

"就是这个理儿！"她就喋喋不休地答道,"我们可不想压弯这棵小苗苗,是吧？哦,不拉不拉不(这是欧律克勒亚哄婴儿时自创的话语,如前文说的："她用特殊的语言对待宝宝,一种毫无意义的语言。"——译注)！我们希望他长得又直又高,从他那大块头里长出的都是好东西,可别让我们爱唠叨的妈咪总搞得他不开心！"

然后女仆们就"哧哧"地笑起来,一边给他的盘子装满饭菜,一边夸他是好孩子。

我很遗憾他给宠得很不成样子。

三个年轻人酒足饭饱后,我向他们询问海上航行的情况。忒勒马科斯发现了奥德修斯的踪迹没有,这不是他航海的目的么？如果他真的发现了什么,他可以和我分享他的收获么？

你看得出来我还是有点儿不能释怀。在跟十几岁的儿子的争吵中落了下风,这让我很难过。当他们的个子一旦超过了你,你就只剩下道德上的权威了：充其量这只是一件虚弱的武器。

忒勒马科斯下面的话使我大吃一惊。他先去找内斯特王,可后者却无可奉告,于是他又起航去拜见墨涅拉俄斯。墨涅拉俄斯本人。有钱的墨涅拉俄斯，粗笨的墨涅拉俄斯，大嗓门的墨涅拉俄斯，戴绿帽子的墨涅拉俄斯。墨涅拉俄斯，海伦的丈夫——堂姐海伦，妖艳的海伦，道德败坏的婊子海伦，我一切不幸的渊薮。

"你看见海伦了么？"我问话的声音有点发哽。

"哦，是的，"他说，"她招待我们美餐了一顿。"接着忒勒马科斯唠唠叨叨地讲起了那个"海上老人"（指海神普洛托斯。——译注），以及墨涅拉俄斯是如何从这位听起来有些可疑的老先生那里得知奥德修斯被困于一位美仙女的岛上，如何被迫与之夜以继日地做爱的。

此时关于这位美丽女神的故事我已听过无数遍了。"海伦怎样？"我问。

"她看起来挺好，"忒勒马科斯说，"所有人都在讲特洛伊战争的故事——了不起的故事，很多厮杀，很多战斗，肚肠流了一地——我父亲也在其中，可当老兵们都开始掩面哭泣时，海伦就兑上烈性酒，于是我们喝了很多。"

"不是这些，"我说，"她面色如何？"

"像阿芙洛狄忒那样光彩照人，"他说，"看见她真是让人激动。我是说,她那么有名,都快名垂千古了,什么都和她沾边。她绝对和传说中的一样动人,还更好!"他羞怯地笑道。

"现在她肯定变老了点儿。"我尽可能平静地说。海伦不可能还像阿芙洛狄忒那样光彩照人!凡间不会有这等事!

"哦,嗯,是啊。"我儿子说,现在母亲与没有父亲的儿子之间该有的纽带关系终于显现了。忒勒马科斯注视并解读着我的脸色。

"实际上,她看上去的确相当老,"他说,"比您老多了。有点疲倦,满脸皱纹,"他补充道,"像个老蘑菇。牙齿也黄了,实际上还掉了几颗。只是在我们喝了不少酒后她才仍显出美丽。"

我知道他在撒谎,但他是为了我才撒谎的,这让我感动。不愧是奥托吕科斯——骗子祖师赫耳墨斯的朋友——的曾孙、花言巧语老谋深算的奥德修斯的儿子,他爸爸便是在虚张声势上很有手段,善于说服男人、哄骗女人。也许他毕竟还是有点头脑的。"谢谢你所告诉我的事情,儿子,"我说,"我很感激。我现在去祭献一篮小麦,祈祷你父亲平安归来。"

这便是我所做的事情。

喜极而呼
Yelp of Joy

谁说祈祷有用？从另一方面看，谁说祈祷没用？我想象着众神在奥林匹斯山上到处招摇，沉迷在美味酒食（原文为nectar and ambrosia，在希腊神话中都是指神专享的美酒和美食。——译注）和燃烧的肉与油脂的芳香中。他们喜欢恶作剧，又有的是时间，就像耍弄一只病猫的十岁顽童。"我们今儿该回答谁的祈祷？"他们互相问着，"来掷骰子吧！给这位希望，给那位绝望，把那个女人的生活毁掉吧，我们可以变成小龙虾去和她交合！"我觉得他们做了那么多胡闹的事儿是因为他们太无聊了。

我二十年的祈祷都毫无应答。不过终于，这一回有动静了。我刚刚做完已烂熟于胸的仪式、流完已习惯要淌的泪水，奥德修斯本人便蹒跚着进了院子。

这蹒跚的步履自然也是伪装的一部分。我不会低估他的心机的。显然他已经审度过自己在宫中的处境——求婚人、他们对他家产的挥霍、他们对忒勒马科斯的杀心、他们对他女仆的肉体的侵占、他们的蓄意夺妻——并明智地得出结论：他不能就这么昂首阔步地走进去宣布他是奥德修斯，勒令他们立马走人。如果他试图这么做，不消几分钟他就会成为刀下之鬼。

因此他乔装成了肮脏的老乞丐。他料定求婚人大多全然不知他的相貌，因为他出海时他们还太小甚至还未降生。他的伪装十分成功——我希望那皱纹和秃顶也是易容的一部分，而不是真实的——但我看了那厚实的胸膛和粗短双腿后顿时起了很重的疑心，而当我听说他将一个好斗的叫花子摔断了脖子时便心中有数了。那是他的风格：必要时可以偷袭，这不假，但若能肯定直接进攻便可获胜他也绝不会手软。

我没有流露出我已知情。这会对他有危险。而且，如果男人那么得意于自己的易容术，而做妻子的却宣称认出了他将是很愚蠢的：在男人欣赏自己的聪明时去搅局，无疑是一种轻率之举。

忒勒马科斯也参与了骗局：我看得很清楚。他在本性上跟他父亲一样善于使诈，但火候还不老到。当他向我介绍这个人们信以为真的乞丐时，他凌乱的脚步、结巴的说话和不愿正视的眼神都向我泄露着天机。

不过这次引见是到后来才有的。奥德修斯刚回宫的几个小时忙着四处窥探，又被求婚人凌辱，他们戏弄他，朝他砸东西。不幸的是我没法告诉我的十二个女仆他是何许人也，因而她们仍继续对忒勒马科斯出言不逊，求婚人欺侮奥德修斯时她们也在一旁帮腔。别人告诉我，"俏脸蛋儿"墨兰托说话尤其刻薄。我决定在合适的时候要出面干预一下，还要告诉奥德修斯，姑娘们都是在我的授意下这么做的。

夜幕降临时大厅空荡荡的，我便在此刻安排接见了这个人们信以为真的乞丐。他自称有奥德修斯的消息——他编了个似是而非的故事，并向我保证奥德修斯将不日返家。我则流着泪说我担心这不是真的，有多少旅行者年复一年地向我说过同样的事。我反复描述着我所受的苦，以及我如何渴念着自己的丈夫——最好趁他还乔装成流浪汉时说这些，因为这样他会更加相信。

然后，为了使他高兴，我向他讨教起来。我说，我决心把奥德修斯的那张硬弓取出来，他曾用它一箭贯穿了十二把斧头的环形手柄——一项惊世骇俗的伟绩。我对求婚人提出的挑战是，他们也得把当年的壮举重演一遍，而我本人便算是奖赏。这无论如何都必将使我自己从目前的危境解脱出来。我问他这项计划是否可行。

他说这个主意极好。

歌谣中称奥德修斯的到来与我比箭招亲的决定碰在了一块儿纯属巧合——或者是天公作美，他们向来就是如此叙事的。而现在你们知道了事实不过就这么简单。我明白只有奥德修斯才懂得这射箭的奥妙。我明白那叫花子就是奥德修斯。根本没有什么巧合。都是我故意安排的。

我和这个人们眼中的污衣乞丐的交往越来越密切，于是便向他说了我做的一个梦。我有一群讨人喜欢的白鹅，我非常宠爱它们。我梦见它们在院子里快乐地啄食，突然一只喙似弯钩的巨鹰俯冲下来咬死了所有的鹅，我为此哭得死去活来。

奥德修斯/乞丐为我释梦：巨鹰是我丈夫，鹅是求婚人，一方将很快把另一方全部杀死。至于钩形鹰喙、我对鹅的钟爱以及它们的死带给我的悲痛，他则只字不提。

后来的结果表明，奥德修斯对梦的解释是错的。他的确是那只鹰，但鹅不是求婚人。鹅是我的十二个女仆，这我很快就要知道了，并带给了我绵绵不绝的哀伤。

有一个细节是歌谣里多次提到的——我令女仆们为奥德修斯/乞丐洗脚，他拒绝了，并声言只允许不因他双脚粗陋、穷困潦倒而嘲笑他的人给他洗。我于是提议欧律克勒亚来做，这个老太婆的脚不比他好看多少。她咕哝着开始干活时并没有觉察到我为她设下的圈套。不一会儿她就发现了那道对她而言熟悉得不能再熟悉的长疤。她随即高兴地尖叫起来，把一整盆水都打翻在地，而奥德修斯为了不让她走漏风声差点掐死她。

歌谣中说，我没有任何觉察，因为雅典娜使我分了神。如果你相信这个，那什么鬼话你都可以相信。事实上我背对着他俩偷偷地乐，因为我成功地给了他们一份小小的惊喜。

流言蜚语

Slanderous Gossip

此时我觉得我该澄清一下形形色色的、传了两三千年的流言蜚语了。这些谣传是完全不真实的。很多人说无风不起浪，但这是个愚蠢的论断。我们都听到过后来被证实为无稽之谈的传言，关于我的传言也同样如此。

关于我性行为的指控。例如，有人声称我和求婚人中最有教养的安菲诺摩斯睡过。歌谣中说我发觉他的谈吐很令人愉快，或者说比其他人强多了，的确是这样，但这离上床还差很远呢。我故意引诱求婚人，还私下里向其中一些人作了承诺，这也是事实，不过这是个策略问题。至于其他，我对他们的轻薄佯作鼓励，以收取他们昂贵的礼物——比起他们所吃喝挥霍掉的这只是九牛一毛——而且我也提请你们注意了，奥德修斯本人见证并赞许了我的行动。

更令人发指的谣言版本蔑称我和所有的求婚人都睡过，一个接一个——共一百来个——然后生下了大潘神。谁会相信这么荒谬的故事？有些歌谣真不值得花费力气去哼唱。

各路评论家都提到了我婆婆安提克勒亚。当奥德修斯在亡魂之岛上与她的鬼魂交谈时，后者对求婚人只字不提。她的缄默被视为一种明证：要是提起了求婚人,他们说,她就不得不提起我的不忠。可能她就是故意要让奥德修斯心生疑窦,不过你们已经清楚她对我的态度了。那也许是她乖戾性情的最后一次显露。

还有人指出我没有遣走或惩罚十二个品行不端的女仆,也没有把她们关进谷仓里磨面,所以我本人肯定也耽于同样的淫荡生活。然而这些我都已解释过了。

一项更严厉的指控说奥德修斯刚回来时没有向我表露身份,据此可认为他不信任我,并想证实一下我并未在宫里纵情放荡。可是真正的原因是他担心我会喜极而泣,这样就把他暴露了。类似的说法还有当他在宰杀求婚人时把我和别的女人锁在了女人生活区,而且他求助的是欧律克勒亚而非我的帮助。但他其实非常了解我——心肠柔弱,常常泣不成声跌坐在门槛上。他只是想要我远离危险,不让我目睹惨烈的屠戮情景。这无疑很好地解释了他所有的做法。

如果我丈夫有生之年听到了这些诽谤,他肯定会割了那些人的舌头。可机会已失去,现在想这些已毫无意义。

(舞台剧)
合唱歌词:珀涅罗珀之险

The Chorus Line: The Perils of Penelope, A Drama

由女仆们演出。

序,由"俏脸蛋儿"墨兰托致辞:
接近了剧情高潮,血腥屠杀尚未休止,
我们这样说吧:还有另外一个故事。
或者几个,这更符合谣言女神的脾性,
她时而慷慨仁慈,时而冷若寒冰。
据说珀涅罗珀谨慎贤淑,
有上床的机会可不含糊!
有些人说她和安菲诺摩斯睡过觉,
遮掩她淫欲的是一阵阵的哭号;
另一些人说每一个身手敏捷的求婚者
都轮流得幸与她交合。
根据这个奇谈,她乱搞不守本分,
并孕育了半人半羊的潘神。
亲爱的观众呵,事实很少铁板钉钉——
不过让我们来躲在幕帘之后仔细聆听!

欧律克勒亚(由一女仆扮演):
亲爱的孩子!我担心你要完蛋!呜呼!
主人已回来了!没错——他已打道回府!

珀涅罗珀(由一女仆扮演)：
他还没走近我就认出了他，
那双短短的腿可做不了假——

欧律克勒亚：
而我是看到了他的长伤疤！

珀涅罗珀：
现在，亲爱的嬷嬷，油脂正在火中燃烧——
他要把我剁了好让我不再风骚！
当他同每一位仙子和美女作乐，
有没有想到我正恪守着妇德？
当他对着每个姑娘和女神啧啧称赞，
知不知道我就要萎缩成了葡萄干？

欧律克勒亚：
你那出了名的织机据称正绕着细线，
其实你在床褥里与情人缠绵！
如今证据充分确凿——死到临头无力回天！

珀涅罗珀：

安菲诺摩斯——快！从这隐藏的梯子下去！
而我会坐在这儿，假装怀着无比的哀伤与忧虑。
给我穿衣袍！束紧我放荡的长发！
有哪个女仆肯帮我一把？

欧律克勒亚：

我的夫人，只有那十二个帮助你的丫头，
知道你对求婚人半推半就。
每天夜里她们将情人偷偷带进，
拉上窗帘，还举灯服侍你们就寝。
你们的非法作乐她们私下全都目睹——
必须让她们噤声，否则定要败露！

珀涅罗珀：

哦，我亲爱的嬷嬷，真的要靠你说几句
来挽救我，还有奥德修斯的名誉！
因为他曾吮吸过你那现已下垂的乳头，
你是我们当中他最信赖的帮手。

指证这些女仆软弱而不忠，
被求婚人非法掳去又受到娇宠，
道德败坏，恬不知耻，岂能当
像他这样的主子的奴婢！

欧律克勒亚：
为封住她们的嘴我们会把她们送进鬼门关——
他将把她们当作烂污的恶女人捆成一串！

珀涅罗珀：
而我的名声使我堪当妻子的楷模——
谁娶了这样的妻都觉得运气不错！
可是赶紧啊——求婚人又跑来献殷勤，
我呢，我必须失声痛哭泪流满襟！

穿踢踏舞鞋的合唱队：
全得怪罪于这些女仆！
下流轻佻的小娼妇！
将她们高高吊着，别问为什么——
全得怪罪于这些女仆！

全得怪罪于这些奴隶！
卷进流氓无赖的把戏！
让她们吊着晃荡，让她们断了颈项——
全得怪罪于这些奴隶！

全得怪罪于这些无耻婆娘！
身上长满了杨梅疮！
我们每一件衣衫都遭到污染——
全得怪罪于这些无耻婆娘！

众演员皆行屈膝礼。

海伦洗澡

Helen Takes a Bath

我正在金穗花丛中漫步,追思逝去的岁月,海伦飘飘然朝我走来。她身后照例跟着一帮男鬼。他们都怀着期望叽叽喳喳啰唆着:她一眼都不看他们,尽管她显然知道他们的存在。她向来都拥有一对看不见的触角,最微弱的男人气息都能使之颤动不已。

"你好啊,小鸭子堂妹,"她用往常那种和蔼的屈就姿态对我说,"我正要去洗澡。想一块儿去么?"

"我们现在是鬼魂了,海伦,"我带着我希望满是微笑的神情说,"鬼魂没有身体,不会弄脏,不需要洗澡。"

"哦,可我洗澡的原因一向并非为了身体,"海伦说,她将那可爱的双眼睁得很大,"周围总是吵吵嚷嚷的,而洗澡总让我很舒心。你根本不明白这有多累,一大群男人年复一年地为了你而争吵不休。超凡脱俗的美真是麻烦。至少你不用背这个包袱!"

我不理会她的嘲讽。"你准备脱下鬼魂的袍子么?"我问。

"我们都清楚你那富有传奇色彩的端庄节

制，珀涅罗珀，"她答道，"你洗澡一定是穿着衣服的，我估计你活着时就是。""不幸的是，"此时她微微一笑，"端庄节制不属于爱嬉笑的阿芙洛狄忒给我的礼物。我的确喜欢不穿衣服洗澡，哪怕我现在只是鬼魂。"

"这能解释你吸引的观众人数总是那么不同寻常。"我说得很简练。

"不寻常么？"她问话时眉毛天真地耸起，"总是有这么一帮帮的男人。我从来不数。我的确能感觉得到，因为他们中有这么多人为我而死——嗯，因我而死——我当然欠了他们这份情。"

"只要能让他们瞥一眼活在世上时没看到的。"我说。

"欲望不会随着肉体死亡，"海伦说，"死亡的只是满足这一欲望的能力。不过瞥一两眼确也能使他们兴奋起来，可怜的小子们。"

"这给了他们一个活着的理由。"我说。

"你倒是机灵起来了，"海伦说，"迟到的总比不来的好，我想。"

"是说我的机灵，还是说你袒露奶子和屁

股饱死人眼福的洗澡?"我说。

"你可真是愤世嫉俗啊,"海伦说,"正因为我们不再是——你知道——就不必说得那么负面了。还那么——那么粗俗!我们有些人天性乐善好施。有些人就喜欢为不幸的人做力所能及的事。"

"这么说你正在洗刷你那双沾了他们鲜血的手,"我说,"当然是比方。为那些残破的尸首做些补偿。我原先并不知道你还会感到内疚。"

这使她有点不快,她微皱眉头。"告诉我,小鸭儿——由于你,奥德修斯宰了多少人?"

"不少。"我说。她知道准确数字:跟她门前堆积如山的尸首相比简直微不足道,这一直使她得意扬扬。

"这取决于你说的不少到底是多少,"海伦说,"但那也不错了。我敢肯定你因此觉得自己更重要了。也许你甚至觉得自己更漂亮了。"她牵动了嘴角算是微笑,"好了,我得走了,小鸭子,肯定还能见到你的。好好欣赏金穗花吧。"她飘然而去,身后是那帮兴奋的跟班。

奥德修斯和忒勒马科斯杀了女仆

Odysseus and Telemachus Snuff the Maids

在这场蓄意的杀戮中我始终沉沉睡着。我怎会做这种事？我怀疑欧律克勒亚在给我调的安神饮料中掺了什么，使我置身事外并阻止我出面干涉。其实无论怎样我都不可能有什么作为：奥德修斯已确保将所有的女人都安全封锁在了妇女生活区。

欧律克勒亚向我及所有愿意听的人描述了发生的一切。首先，她说，在忒勒马科斯竖立起十二柄斧头以及在求婚人谁都拉不开他那张叱咤风云的弓时，奥德修斯——仍乔装成乞丐的样子——一直在静观其变。接着他自己拉弓搭箭，洞穿十二把斧柄——从而第二次迎娶了我。之后，他一箭射进了安提诺俄斯的喉咙，抖落了伪装，并先用弓箭，再使长矛和利剑，砍瓜切菜般结果了所有的求婚人。忒勒马科斯及两个忠实的牧人助了他一臂之力；不过这仍然是他打的一个漂亮仗。求婚人手上有一些长矛和剑，那是奸诈的叛徒、牧羊人梅兰梯俄斯提供的，可是这些利器都无法挽回他们的末日。

欧律克勒亚告诉我她和其他女人是如何蜷在紧锁的门边，听着外面的喊杀声、家具破碎的响声以及垂死之人的呻吟声的。她接着讲述了之后发生的惨剧。

奥德修斯把她召来，命她指出他称之为"不忠的"女仆。他强令姑娘们将求婚人的尸体拖进院子——包括她们昔日情人的尸体——并把地板上的脑浆血污擦掉，把尚保存完好的桌椅洗净。

然后，欧律克勒亚继续说道——他让忒勒马科斯用剑将她们碎尸万段。但我的儿子想在父亲面前坚持己见，想显示自己更知道该怎么做——他正处于那种年纪——于是用一根系船的绳索把她们拴成一排绞死了她们。

紧接着，欧律克勒亚说——她无法掩饰沾沾自喜的神色——奥德修斯和忒勒马科斯剁下了罪恶的牧羊人梅兰梯俄斯的耳朵、鼻子、双手、双脚和生殖器，将这些扔给狗吃，对这个可怜之人的惨叫声充耳不闻。"对他们得杀一儆百，"欧律克勒亚说，"以防再有什么叛变行为。"

"可杀的是哪些女仆？"我说话时已开始流泪了，"亲爱的神灵啊——他们吊死了哪些女仆？"

"女主人，我的儿，"欧律克勒亚已预见到了我的不满，"他想把她们统统杀了！我不得不挑出一些——否则谁都活不了！"

"哪一些？"我边说边企图控制自己的情绪。

"只有十二个，"她支吾着说，"都是些无礼傲慢的。粗鲁得很。从来不把我放在眼里。'俏脸蛋儿'墨兰托和她的朋友——那一窝子。都是些名声很坏的婊子。"

"都是被强奸过的，"我说，"最年轻的。最美丽的。"我没有补充说她们是我在求婚人中的耳目，是我织寿衣的那些漫漫长夜里的助手。我雪白的鹅儿，我的画眉，我的鸽子。

是我的错！我没有把我的安排告诉她。

"她们骄傲得昏了头，"欧律克勒亚辩解说，"奥德修斯王不可能允许这么胆大妄为的女孩继续留在宫中。他不可能再信任她们。现在下楼去吧，亲爱的孩子。你丈夫在等着见你呢。"

我能怎么做？哀悼不能让我可爱的姑娘们起死回生。我咬着舌头：这么多年来我总在咬舌头，还有舌头剩下来可真是奇迹。

死了就死了，我告诉自己。我会为她们的亡灵祈祷并奉上祭品。不过这些事我还得暗地里做，否则奥德修斯也会对我起疑心。

也许还有一个更为险恶的解释。欧律克勒亚也许知道我与女仆的商定——为我打探求婚人的行动，以及是我令她们表现得如此嚣张。她也许因为怨恨自己被排除在外，并希望保持自己在奥德修斯心目中的地位而将她们挑出来干掉。如果是这样呢？

在这里我没法就此与她对质。她看管着十几个死婴，总是忙着照顾他们。让她高兴的是他们永远也长不大。每当我去找她想和她好好谈一谈时，她总说："以后吧，我的孩子。啊呀，我忙坏了！瞧瞧这些小可爱——呜咕呜咕呜！"

于是我永远也不得而知。

合唱歌词：人类学演讲

The Chorus Line: An Anthropology Lecture

由女仆演出。

对于受过教育的头脑而言，我们的数目，女仆的数目——数字十二——有何提示意义？耶稣有十二个使徒，圣诞节有十二天，是的，还有十二个月，月这个词对于受过教育的人有何提示？嗯？问您哪，先生，坐后面的！正确！月来自于月亮，这人人皆知。哦，我们有十二个，不是十一，不是十三，不是谚语里说的八女挤奶，这绝不是巧合，根本不是!

因为我们不只是女仆。我们不仅仅是奴婢和苦力。哦，不！我们当然还能派上更大的用场！我们会不会并非十二婢女，而是十二少女？陪伴阿耳忒弥斯——守身如玉而心如死灰的月神的十二位月亮少女？我们会不会是仪式上的祭品、虔诚尽职的女祭司？我们的职责便是先与求婚人放荡狂欢，接着通过沐浴在被杀的男性牺牲品（他们堆得好高，对女神表现了多大的敬意呵！）的血中来净化自己，从而恢复我们的童贞，一如阿耳忒弥斯通过在浸染了阿克泰翁的血的泉水中洗浴而恢复了她的童贞。如果必要我们也将心甘情愿牺牲自己，把阴暗面的月相重演一遍，以使其更新盈亏并让新月女神重新冉冉升起。凭什么伊菲革涅亚比我们更该因无私和热忱而载入史册？

若是如此看待这些事情的话，就把问题和吊我们的那根系船绳索拴（请原谅此处的文字游戏）在了一起，因为新月正是船的形状。另外还有那张在故事中发挥重大作用的弓——阿耳忒弥斯的弯曲成下弦月形的弓，用它一箭射穿十二把斧柄——十二！那支箭贯穿了它们的环状手柄——圆润的月形环！还有吊这一行为本身——想想吧，识文断字的人们，想想吊的深意！凌于地面上方，悬挂于空中，以一根脐带般的系船绳索和由月亮掌管的大海联结在一起——哦，线索多得使你无法忽略！

什么，先生，坐在后排的那位？对的，没错，阴历的月份数的确是十三，所以我们也应该有十三个。因此，你会说——自鸣得意地，我们可以给你补充一下——我们关于自己的说法并不正确，因为我们只有十二人。不过等等——实际上是十三个！第十三个是我们的女祭司长，阿耳忒弥斯本人的化身。她不是别人，正是——对了！王后珀涅罗珀！

这么说来我们被奸污及随后被吊死可能象征着母系的月亮文化遭到了颠覆，颠覆者便是一个正在崛起的准备夺取权力、崇拜父神的野蛮人群体。他们的首领——显然就是奥德修斯——娶了我们的女祭司长，也就是珀涅罗珀，从而获取了王权。

不，先生，我们否认该理论只是缺乏根据的、讨好女性主义的应景之作。我们能够理解您并不情愿公开讨论这些事儿——强奸、凶杀不是什么愉快的话题——然而此类颠覆事件几乎肯定在环地中海区域都发生过，因为从史前遗址出土的文物一再证明了这一点。

耐人寻味的是，那些斧子并未在之后的屠杀中效力，也没有在其后三千年的注解中得到令人满意的说明——可以肯定它们必是与克里特的大母神文化有关，用于宗教仪式的双刃唇形斧，也就是用来在"年王"十三个阴历月期满时砍掉他脑袋的那种斧子！叛逆的"年王"篡用了她的弓，一箭射穿了关乎大母神自身生死的仪式之斧，以炫耀他凌驾于她之上的武力——真是亵渎啊！正如同男性的阴茎不容商量地射进了……不过我们已离题了。

在父系制度建立之前，很有可能举行过射箭比赛，但比赛组织得非常得当。获胜者被宣布可以当一年的仪式上的国王，之后将被吊死——还记得"受绞刑者"图案吗，现在只能在低级占卜纸牌里看得见。他的生殖器也被扯掉，正像雄蜂与蜂后结合后的情形。这两个举动——绞刑和扯掉生殖器——将保证农作物的丰产。然而对权力巧取豪夺的铁腕人物奥德修斯拒绝如期死去。他贪图活得更长久，权柄更大，于是找到了替身。生殖器确实被撕扯掉了，但不是他的——是牧羊人梅兰梯俄斯的。绞刑也真的进行了，但被吊死在他储屋里的是我们——十二个月亮少女。

我们还可以说下去。想看一些花瓶图案么？女神崇拜的雕刻品。不想？没关系。关键是你们不必因为我们而那么激动，亲爱的有教养的人们。你们不必认为我们真有其人，有真实的血肉、真实的痛苦，真的遭遇不公。那也许太令人心烦了。这龌龊的部分就别理会了吧。就当我们是纯粹的象征符号好了。我们并不比钞票更真实。

铁石心肠

Heart of Flint

我下楼梯时考虑着自己的选择。欧律克勒亚告诉我是奥德修斯杀了求婚人时我佯装不信。也许此人是个冒名顶替的，我告诉她——二十年过去了，我怎知奥德修斯现在的相貌？我也想知道我在他眼里的模样。他扬帆远去时我还非常年轻，如今我已是个主妇。他岂不会失望？

我决定让他等待：我自己等得够长了。我也需要时间来完全掩饰我对那十二个年轻女仆惨遭绞刑的真实情感。

因此当我步入大厅并看见他坐在那儿时，我一言未发。忒勒马科斯当即就坐不住了，几乎立刻数落起我没有给他父亲应有的欢迎。铁石心肠，他轻蔑地说我。我看得出他心中本有一幅玫瑰色的画面：他俩并肩对着我，两个成年男子，两只看护鸡舍的公鸡。我当然是望子成龙的——他是我的儿子，我希望他做一位成功的政治领袖或战士或任何他想扮演的角色——可眼下我希望再来一场特洛伊战争，好让我把他打发得远远的。刚长了几根胡须的男孩子会让人极为生厌。

不过我倒是很支持儿子去想我的心已硬如磐石。这会打消奥德修斯的疑虑，使他相信我没有随随便便向每个声称是他的人投怀送抱。所以我毫无表情地看着他，说自己一下无法接受，这个肮脏不堪、满身血污的流浪汉竟和我那二十年前身着华服扬帆出海的如意郎君是同一人。

奥德修斯咧嘴笑了——他盼的就是那种又惊又喜的场面，其中我会说"原来一直都是你啊！装得太像了！"并搂住他的脖子。然后他便去洗那个早就该洗的澡。当他穿着干净的衣服、散发着远比从前更好闻的气味重新出现时，我禁不住最后一次将他捉弄了一番。我令欧律克勒亚将床搬出奥德修斯的卧室，准备容留这个陌生人过夜。你们该还记得那张床的一根柱子是用一棵仍长在地里的树雕出来的。除奥德修斯、我自己和我从斯巴达带来的女仆阿克托丽斯外绝无人知，而后者早就不在人世了。

奥德修斯立刻发起了脾气，他以为有人砍断了他的宝贝床柱。到此时我才变得柔和，并把终于认出他的一套举动做了出来。我流下了满足的泪水，拥抱他，宣布他通过了床柱测验，我现在已信服了。

就这样我们上了这张床，我们初次成婚时正是在这张床上度过了多少快乐时光，然后海伦突发奇想和帕里斯私奔了，燃起了熊熊战火，也给我的家带来了巨大的伤痛。我很庆幸现在光线很暗，阴影多少遮去了我们憔悴的容颜。

"我们再也不是雏儿了。"我说。

"我们还是，还是呢。"奥德修斯说。

又过了一会儿，在从彼此那儿获得满足后，我们又重操讲故事的旧习。奥德修斯将他的游历和遭遇的困境尽数说给我听——都是比较堂皇的说法，关于和怪物与女神周旋的，而不是和旅店老板及妓女打交道的比较龌龊的部分。他讲了许多他编造的谎言、为自己起的假名字——告诉独眼巨人他名叫"无人"是这些诡计中最聪明的一个，尽管他因到处吹嘘反而坏了事——还有他为自己杜撰的虚假生活经历，以更好地掩盖他的身份和意图。轮到我时，我就讲了求婚人的故事，我在莱耳忒斯的寿衣上耍的花招，我如何暗中怂恿求婚人，以及我如何颇有技巧地误导他们，把他们弄得七荤八素，并从中挑拨离间的。

然后他告诉我他是多么想我，即便在众女神雪白的胳膊的簇拥下他心中也充满了对我的渴念；我则诉说了在等他返家的二十年间我流了多少泪水,我对忠贞的执守是那么长久,而对于他这张有着令人叫绝的柱子的床,我根本就没有动过在上面与别的男人睡觉并由此泄露其天机的念头。

我们两个——从我们供认的情况来看——都是技艺高超而不知羞耻的骗子,且历来声誉卓著。我们俩竟还能相信对方的片言只语,这真是奇迹。

可我们信了。

或者说我们是这样告诉对方的。

奥德修斯回来没多久又要出门了。他说,虽然他一点儿也不想与我分开,但他必须得再次去历险。预言家提瑞西阿斯的鬼魂曾告诉他,要净化自己就要手持船桨深入内地,在那儿人们会误以为那是扬谷用的风车扇子。唯其如此他才能洗刷掉自己所沾染的求婚人的血,从而避免他们的幽灵以及家人前来寻仇,并平息海神波塞冬的愤怒,后者仍然在为奥德修斯弄瞎他儿子独眼巨人的眼睛而怨恨不已。

这个理由很说得通。不过,他讲的一切都很说得通。

(由女仆制作成录像带)

合唱歌词：奥德修斯的审判

The Chorus Line: The Trial of Odysseus, as Videotaped by the Maids

辩护律师：法官大人，请允许我为我的当事人奥德修斯——一位具有崇高威望的传奇英雄的清白而发言，他站在您的面前，因多重谋杀受到指控。他动用弓箭和长矛屠杀了——对于屠杀本身和相关的武器我们并不加以反驳——不下一百二十个（出入至多十二个）出身良好的年轻男子。我得强调的是，他们未经他允许一直在他家里花天酒地，骚扰他的妻子，还图谋暗害他的儿子并篡夺其王位。那么他的屠杀行为究竟是否正当呢？我尊敬的同人声称，奥德修斯的行为是不正当的，因为杀害这些年轻人是对他们有些放肆地在他宫中吃喝玩乐这一事实的太为过激的反应。

控方还宣称，此前已有人向奥德修斯及／或其子嗣或受托人提出要为损失的食物而给予其物质补偿，对此奥德修斯等人本应心平气和地接受。不过提出补偿的正是这伙年轻人，他们不顾奥德修斯家人的多次要求，对自己的惊人胃口不加任何节制，而且既不捍卫奥德修斯的利益，也对保护他的家人无动于衷。他不在家期间，他们没有过任何忠义之举；相反，他们侵害了奥德修斯及其家人。所以，他们的言辞有何可信？一个头脑健全的人会指望他们真的会赔付他们所允诺的牛么，哪怕只是一头？

让我们再考虑一下双方力量对比的悬殊。一百二十（出入至多十二个）比一，或放宽一些说，比四，因为按照我同人的措辞来说，奥德修斯确有同谋；也就是，他有一个几未成年的亲属和两个不会格斗的仆人——如何能够阻止这些年轻人假意要与奥德修斯了结恩怨，紧接着又在一个黑暗的夜晚趁他不备企图偷袭他并致其于死地？

我们认为，我们广受尊敬的当事人奥德修斯抓住了命运所可能给他的唯一机会，他的行为只是在自卫。因而我们请求您对此案不予受理。

法官：我倾向于同意。

辩护律师：谢谢您，法官大人。

法官：后面怎么这么吵闹？安静！女士们，别出洋相了！衣服弄齐整点！把脖子上的绳子拿下来！坐下！

众女仆：您把我们的事忘了！我们的案子怎么办？您不能放走他！他冷酷无情地吊死了我们！我们十二个！十二个年轻姑娘！毫无来由的！

法官（面向辩护律师）：这是一项新指控。严格地说，这个案子应单独另审；不过由于两起事件显然有密切的关联，我准备现在就开始听法庭辩论。你有什么要为你的当事人辩护的？

辩护律师：法官大人，他是在其权力范围之内行事的。这些都是他的奴隶。

法官：即便如此他也得有某种理由。就算是奴隶也不应随随便便被杀死。这些姑娘是干了什么才被绞死的？

辩护律师： 她们未经允许与人发生性行为。

法官： 哦，原来如此。她们和什么人发生了性行为？

辩护律师： 和我当事人的敌人，法官大人。就是想算计他妻子，更想算计他生命的那伙人。

（因自己言语俏皮而笑起来）

法官： 我估计她们是年纪最小的女仆。

辩护律师： 嗯，自然是的。她们是模样最俊俏，也肯定是最容易被拉上床的。多半是这样。

（女仆们悲愤地大笑起来）

法官（翻看《奥德赛》）**：** 写在这本书上呢——一本我们需要查询的书，因为它是记载该事件的主要权威著作——尽管它显示出不道德的倾向，包含太多有关暴力与性的内容，在我看来——它说得很清楚——让我查一下，在第22卷，说女仆们被强暴了。求婚人干的。没有人出来阻止。另外，女仆们还被描述为被求婚人拉来扯去，用于其肮脏的以及／或者令人厌恶的目的。你的当事人全都知道——从引用他的语句来看这些都是他自己说的。所以，女仆是受到压迫的，而且她们完全得不到保护。是这样么？

辩护律师： 我当时并不在场，法官大人。这些事的发生距我所属的时代有三四千年之遥。

法官： 我明白这个问题。传证人珀涅罗珀。

珀涅罗珀： 我当时正在睡觉，法官大人。我常常会睡着。我只能告诉您她们之后所说的。

法官： 谁说了什么？

珀涅罗珀： 女仆，法官大人。

法官： 她们说自己被强奸了？

珀涅罗珀： 哦，是的，法官大人。确实如此。

法官： 你当时相信么？

珀涅罗珀： 是的，法官大人。就是说我很愿意相信她们。

法官： 我知道她们常常行事鲁莽。

珀涅罗珀： 是这样，法官大人，不过……

法官： 不过你并不惩罚她们，而她们还继续做你的女仆？

珀涅罗珀： 我很了解她们，法官大人。我非常喜爱她们。可以说是我把她们抚养大的。她们就像我从未生育过的女儿。（开始啜泣起来）我是多么为她们难过！可是女仆大多是要被强奸的，或早或迟；这是宫廷生活的一个令人痛心但又平凡无奇的特点。在奥德修斯心里，并非她们被强奸这一事实对她们不利，而是她们未经允许便被强奸。

法官（笑起来）：请原谅，夫人，不过强奸难道不就是这样？未经允许？

辩护律师： 未经主人允许，法官大人。

法官： 哦，我明白了。但是她们的主人并不在场。所以，事实上，这些女仆是被迫与求婚人睡觉的，因为如果她们反抗的话还是要遭到强奸，而且后果要更严重得多？

辩护律师： 我看不出这与本案有什么干系。

法官： 你的当事人显然也看不出。（低声轻笑）不过，你的当事人与我们并非处于同一时代。那时的行为标准也和现在不同。若是这起令人遗憾但不算重大的事件被允许成为本来是功德无量的事业的一个污点，那就很不幸了。而且我也不希望违背历史潮流。因此我必须对此案作出不予受理的决定。

众女仆： 我们要求司法公正！我们要求得到补偿！我们要援引关于杀人罪的法律条款！我们要招来复仇女神！

（十二个复仇女神列队出现。她们长着蛇发、犬首、蝙蝠翼。她们用力嗅着空气）

众女仆： 哦！复仇女神，你们是我们最后的希望！恳求你们代表我们实施惩罚和恰当的复仇！做我们的保卫者吧，我们活着时是那么无依无靠！无论奥德修斯去哪儿都要嗅出他的踪影！从一处追到另一处，从此生追到来世，不管他伪装成何人，不管他变成什么形状，都要将他抓到！尾随他的足迹，在世间也好，在冥府也罢，不论他在哪里寻求庇护，在歌声或是戏剧里，在典籍或是乐曲中，甚至藏身于页边笔记或书后附录！以我们的形体出现在他面前，以我们残破的身体、我们可怜的尸体模样！让他永不得安宁！

（复仇女神们转向奥德修斯。她们的眼睛泛着血红的光）

辩护律师： 我要传唤帕拉斯·雅典娜，宙斯在仙界生的女儿，请她来为一个人的财产权以及在自家做主人的权利辩护，并请她用云彩把我的客户带走！

法官： 怎么回事？安静！安静！这是秉公裁判的21世纪法庭！那边那位，从天花板上下来！别嗷嗷叫也别喳喳叫！女士，把你的胸脯遮好，放下长矛！这朵云在这里干什么？警察呢？被告又在哪儿？人都到哪儿去了？

冥府的居家生活

Home Life in Hades

几天前的一个晚上我看到了你们生活的世界，我利用了一个处于沉迷状态的通灵者的眼睛。通灵师的客户想联系她死去的男友，问一问她是否应该卖掉他们的公寓房，可是她们却找到了我。每当有了空当我总是跳过去补缺。我总是嫌出去的机会不够多。

可以说我并非要贬低我的宿主，不过令人惊讶的是活着的人一直在纠缠着死人。时代不断更替，这一点却几乎亘古不变，虽然其手段总在推陈出新。不能说我很惦念那些女巫师——她们带着金枝向形形色色的暴发户拉生意，而后者也想知道未来的情况并把阴间的居民搅得不能安生——不过女巫师至少尚懂点儿礼节。后代的魔法师和术士则要差劲些，尽管他们对整个通灵术施行起来还算一板一眼。

可是如今的顾客要打听的都是些鸡毛蒜皮的事儿。他们想知道股市价格、世界政治、他们自身的健康等诸如此类的愚蠢问题；此外他们还想跟许多在我们这个国度里根本不知名的人交谈。这个所有人都企盼的"玛丽莲"是谁？"阿道夫"又是何许人也？（分别应指玛丽莲·梦露和阿道夫·希特勒。——译注）与这些人打交道真是费时费力，还惹人生气。

然而只有通过这些有限的锁孔向外窥视，我才能追踪奥德修斯的下落，那么多年来他并没有以他自己惯常的面目在此处出现。

我想你们是明白规则的。如果我们愿意，我们是能够还阳再生的，但首先我们必须喝"遗忘水"，这样我们过去的所有生活都将从记忆中抹去。理论上是如此；不过，就像所有的理论一样，这不过是理论。"遗忘水"并非总能产生应有的效能。很多人什么都没忘，有人说其实不止一种水——也有"记忆水"供人饮用。这些事我并不想去弄清楚。

这样的旅行海伦做过不少次。那是她的讲法——"我的小小旅行"，"我一直玩得很高兴"，她会这样说起来。接着她会详细地描述自己近来的征服记录，并把时装的变化趋势一股脑儿地说给我听。正是通过她我才知晓了美人斑、遮阳镜、裙撑、高跟鞋、束腰、比基尼、有氧锻炼、身体穿孔以及吸脂术。然后她便侃侃而谈自己是如何调皮，引起了多大骚动，还有毁了多少男人。有多少帝国因她而崩溃，她喜欢说。

"我知道关于整个特洛伊战事的解释都变了，"我告诉她，以消一消她的气焰，"如今他们认为你不过是个神话。战争其实都是为了贸易路线。学者们就是这么说的。"

"哦，珀涅罗珀，你不会还在嫉妒吧，"她说，"我们现在一定能成为朋友了！下一次我上去游玩时何不跟我一起去？我们可以到拉斯维加斯旅行。姑娘们的节日之夜！不过我忘了——那不是你的风格。你更愿意做个忠实的小妇人，守着织机呀什么的。我可不学好，这些是做不来的，会把人憋死的。可你总是喜欢做家庭主妇。"

她是对的。我决不想喝"遗忘水"。我看不出那有什么意义。不，我明白它的意义，可我不愿冒险。我过去的一生充满了磨难，可谁能说下辈子不会更糟呢？即使是通过有限的接触途径我也看得出，世界仍然和我的时代一样凶险，只是悲惨和苦难的范围比以前深广得多。而人性呢，还是一如既往的浮华。

所有这些都阻止不了奥德修斯。他会到这下面来小住一段时间，他会表现出很高兴见到我，他会说和我一起在家过日子是他唯一的愿望，无论他跟多么魅惑的美人上了床或者无论他经历了多少狂野的冒险。我们安安静静地散一会儿步，嚼几朵金穗花，叙叙旧；我会听他讲关于忒勒马科斯的消息——他现在是国会议员，我确实感到骄傲！而接着，正当我开始觉得身心有所放松时，当我感到可以原谅他对我做的一切并接受他所有的缺点时，当我开始相信这次他要动真格了时，他又要准备远走高飞、径直投向"遗忘河"重生去了。

他的确没说假话。他的确有这份情义。他想和我在一起。他说这些时流着泪。可接着某种力量总会把我们硬生生拆开。

是女仆们。他看见她们远远地朝我们走来。她们使他感到紧张。她们让他坐立不安。她们引起了他的痛苦。她们逼迫他躲到另外的地方,做另外一个人。

他曾做过法国将军,曾是蒙古入侵者,曾是美国的企业巨头,曾是婆罗洲猎取人头的蛮人。他当过影星、发明家、广告商。下场总归很糟,不是自杀就是横祸,或是战死或是遭遇刺客,于是他一再地回到这里。

"为什么你们就不能放过他?"我向众女仆嚷道,我得大声叫嚷因为她们不让我靠近。"已经够了!他真的忏悔了,他做了祈祷,他让自己得到了净化!"

"在我们看来还不够。"她们呼喊道。

"你们还要他怎样?"我问她们,此时我哭了出来,"告诉我呀!"可她们只是跑得远远的。

说"跑"并不太准确。她们的腿并不挪动。她们仍在抽搐的脚没有着地。

(情歌)

合唱歌词：我们走在你后面
The Chorus Line: We're Walking Behind You, A Love Song

哟呵！"无人"先生！"无名"先生！"幻想大师"先生！"戏法"先生！小偷和骗子的孙子！

我们也来了，没有名字的人儿。除您以外的无名氏，被别人贴上耻辱标签的人，被指指点点、被戳脊梁骨的人。

做勤杂的丫鬟，脸颊亮丽的女孩，鲜活爱笑的姑娘，皮厚爱扭腰的小丑，擦拭血迹的年轻女仆。

我们十二个。十二个月亮形状的屁股，十二张甜美的嘴巴，二十四只羽绒枕头般的乳头，最棒的是二十四只抽搐的脚。

还记得我们不？您当然记得！我们端来水为您洗手，我们为您洗脚，我们为您洗刷衣服，我们为您肩膀涂油，您说笑话我们陪着，您的玉米我们来磨，您那舒适的床由我们铺就。

您用绳索绑了我们，您把我们拴成一行，您让我们像衣服一样晃荡着。多会胡闹取乐呀！真好玩！您觉得多么有良心，多么有正义感，多么纯洁，因为您除掉了头脑里的那帮年轻丰满、肮脏下流的姑娘！

您本应该厚葬我们。您本应把酒洒在我们身上。您本应祈求我们的宽恕。

现在您无法除掉我们了，不论您在哪儿：在今世或是来世，还是在随便哪次转世时。

我们看穿您所有的伪装：白天出没也好，走夜路也罢，不管您选哪条小径——我们都紧跟着您，像一溜烟，像长尾巴，女孩做的尾巴，如记忆般沉重，如空气般轻巧：十二项指控，脚趾掠过地面，双手缚在背后，舌头伸出，眼睛凸鼓，歌声哽在喉咙里。

您为什么要杀我们？我们对您做了什么使我们非得死？对此您从不回答。

这是怨恨的行径，是泄愤的行径，是为保全荣誉的杀戮。

哟呵，"深思熟虑"先生！"好好"先生！"似神"先生！法官先生！扭头瞧！我们来了，走在您后面，近了，更近了，近得可以接吻，近得贴上了您的肌肤。

我们是伺候人的丫头，我们是来伺候您的。我们来按您应得的份儿伺候您。我们永不离开您，我们将如影随形，像胶水一样柔和而不懈。漂亮的女仆们，都站成了一行。

使节

Envoi

我们无声音

我们无名字

我们无选择

我们有一张面孔

长了一个模样

过失算在了我们头上

可现在我们到了这儿

我们都到了这里

和您一样

而现在我们跟着

您，我们现在发现了

您，我们呼喊

向着您向着您

突喔突喔

突喔突喔

突喔

（阿特伍德解释说这最后三行是猫头鹰的叫声。——译注）

众女仆长出了羽毛，化作猫头鹰飞去。

说明
Notes

《珀涅罗珀记》主要取材于企鹅经典版（Penguin Classics Edition）荷马的《奥德赛》，E.V.里欧（E. V. Rieu）译，D.C.H.里欧（D. C. H. Rieu）修订（1991）。

罗伯特·格雷夫斯（Robert Graves）的《希腊神话》（*The Greek Myths*，企鹅版）也是不可或缺的。关于珀涅罗珀的家世——如特洛伊的海伦是其堂姐，包括她可能做出的不贞行为——都以此书为依据（尤其参见第160、171节）。正是从格雷夫斯那儿我推想出珀涅罗珀有可能是女性神祭祀仪式的领袖，不过很奇怪他并未注意到与那些不幸的女仆有关的数字（十二、十三）的重要含义。格雷夫斯列举了这些故事及其变体的许多种原始资料，包括希罗多德（Herodotus）、保萨尼阿斯（Pausanias）、阿波罗多鲁（Apollodorus）及希吉诺斯（Hyginus）的著作。

荷马的赞美诗（The Homeric Hymns）对本书的写作也颇有裨益——特别是关于赫耳墨斯的部分，而路易斯·海德（Lewis Hyde）的《骗子造世》（*Trickster Makes This World*）则对奥德修斯这个人物的塑造有不少启发作用。

"女仆的合唱"（The Chorus of the Maids）部分表达了我对希腊戏剧中此类合唱之运用的致敬。在当时，这种演出照例是在严肃剧目开始之前，以羊人剧的形式对主要情节进行滑稽模仿。

附录：希腊神话主要人物表

Appendix

Achilles		阿喀琉斯，特洛伊战争英雄
Actaeon		阿克泰翁，猎人，因看到月神阿耳忒弥斯沐浴而被后者变成鹿，并被自己的猎犬撕碎
Actoris		阿克托丽斯，珀涅罗珀从斯巴达带到伊塔刻的女仆
Aeneas		埃涅阿斯，特洛伊战争英雄
Agamemnon		阿伽门农，墨涅拉俄斯的兄弟，特洛伊战争中希腊军队的统帅
Ajax		埃阿斯，特洛伊战争英雄
Amlphinomous		安菲诺摩斯，奥德修斯流浪期间众多向珀涅罗珀求婚者之一，品行较好
Aphrodite		阿芙洛狄忒，爱与美女神
Apollo		阿波罗，太阳神
Anticleia		安提克勒亚，奥德修斯之母
Antinous		安提诺俄斯，奥德修斯流浪期间众多向珀涅罗珀求婚者的头目
Arachne		阿拉克尼，与雅典娜竞赛织绣获胜，被点化为蜘蛛
Artemis		阿耳忒弥斯，月神与狩猎女神
Atreus		阿特柔斯，迈锡尼国王，其家族内多有相残、乱伦行为
Autolycus		奥托吕科斯，赫耳墨斯与卡俄涅之子，奥德修斯的外祖父
Calypso		卡吕普索，因喜爱奥德修斯而强留其于岛上，阻止其回家的女神
Charybdis		卡律布迪斯，企图用大漩涡袭击奥德修斯的海妖
Circe		喀耳刻，能用法术将人变成猪的女神
Cyemnestra		克吕泰涅斯特拉，阿伽门农之妻，因与情人谋害丈夫而为儿子俄瑞斯忒斯所杀

Erinyes	厄里倪厄斯,三个复仇女神的总称	
Eurycleia	欧律克勒亚,奥德修斯家忠实于主人的老女仆	
Hector	赫克托,特洛伊战争英雄	
Helen	海伦,珀涅罗珀的堂姐,墨涅拉俄斯之妻	
Hermes	赫耳墨斯,为众神传信并掌管商业、道路、科学、发明、口才、幸运等	
Icarius	伊卡里俄斯,珀涅罗珀之父,斯巴达国王廷达瑞俄斯的兄弟	
Iphigenia	伊菲革涅亚,阿伽门农之女,险被其父供神而牺牲	
Iphthime	伊芙提美,珀涅罗珀的姐姐	
Laertes	莱耳忒斯,伊塔刻国王,奥德修斯之父	
Medon	墨冬,求婚人的使者,曾向珀涅罗珀报告忒勒马科斯有被伏击的危险,最后被宽恕	
Melanthius	梅兰梯俄斯,伊塔刻的牧羊人,背叛奥德修斯而与求婚人串通	
Menelaus	墨涅拉俄斯,斯巴达国王,海伦的丈夫	
Morpheus	摩耳甫斯,睡梦之神	
Nausicaa	瑙西卡,搭救过奥德修斯的淮阿喀亚公主	
Nestor	内斯特,特洛伊战争中希腊的贤明长老	
Odysseus	奥德修斯,古希腊著名英雄,伊塔刻岛的国王,他智勇双全,备受女神雅典娜的宠爱。在特洛伊战争中,制胜的木马计就是他的主意	
Orestes	俄瑞斯忒斯,阿伽门农之子,其母克吕泰涅斯特拉与情夫	

		因谋害阿伽门农而被其所杀
	Palamedes	帕拉墨得斯，优卑亚的英雄，识破奥德修斯为逃避特洛伊战争而装疯的行为
	Pallas Athene	帕拉斯·雅典娜，智慧与技艺女神
	Paris	帕里斯，特洛伊王子，因拐走海伦而引发特洛伊战争
	Peirithous	珀里托俄斯，拉庇泰人的国王，曾与特修斯一起劫走海伦
	Penelope	珀涅罗珀，奥德修斯之妻
	Persephone	珀尔塞福涅，宙斯之女，被冥王劫持娶作冥后
	Perseus	珀尔修斯，宙斯之子，杀女怪美杜莎的英雄
	Poseidon	波塞冬，海神
	Priams	普里阿摩斯，特洛伊末代国君，帕里斯之父
	Piraeus	比雷埃夫斯，忒勒马科斯在伊塔刻的朋友
	Prometheus	普罗米修斯，造福于人类的神
	Satyr	萨梯，性好欢娱及耽于淫欲的森林之神
	Scylla	斯库拉，企图用暗礁让奥德修斯翻船的海妖
	Sisyphus	西绪福斯，科林斯国王
	Teiresias	提瑞西阿斯，底比斯预言家
	Telemachus	忒勒马科斯，奥德修斯和珀涅罗珀之子
	Theseus	特修斯，阿提刻的英雄，曾与珀里托俄斯一起劫走海伦
	Theoclymenus	忒俄克吕墨诺斯，预言家，预言求婚人都难免一死
	Tyndareus	廷达瑞俄斯，海伦之父
	Zeus	宙斯，众神之首

阿特伍德作品列表
A List of Atwood's Works

《盲刺客》

《强盗新娘》

《可以吃的女人》

《猫眼》

《别名格雷斯》

《羚羊与秧鸡》

《圆圈游戏》

《那个国家的动物》

《你是快乐的》

《无月期》

THE PENELOPIAD: THE MYTH OF PENELOPE AND ODYSSEUS by MARGARET ATWOOD
Copyright © 2005 by O.W.Toad Ltd.
This translation published by arrangement with Canongate Books Ltd., 14 High Street, Edinburgh EH1 1TE.
Simplified Chinese Copyright © 2018 by BEIJING ALPHA BOOKS.CO.,INC.
All rights reserved.

版贸核渝字（2018）第202号
图书在版编目（CIP）数据

珀涅罗珀记：珀涅罗珀与奥德修斯的神话 /（加）玛格丽特·阿特伍德著；韦清琦译. -- 重庆：重庆出版社，2020.8
书名原文：The Penelopiad: The Myth of Penelope and Odysseus
ISBN 978-7-229-14912-3

Ⅰ.①珀… Ⅱ.①玛…②韦… Ⅲ.①长篇小说－加拿大－现代 Ⅳ.①I711.45

中国版本图书馆CIP数据核字（2020）第041267号

珀涅罗珀记：珀涅罗珀与奥德修斯的神话

[加] 玛格丽特·阿特伍德 著 韦清琦 译

策　　划：华章同人
责任编辑：李　斌　王昌凤
责任印制：杨　宁
营销编辑：史青苗　刘　娜
装帧设计：潘振宇　774038217@qq.com

重庆出版集团
重庆出版社 出版

（重庆市南岸区南滨路162号1幢）
投稿邮箱：bjhztr@vip.163.com
北京汇瑞嘉合文化发展有限公司　印刷
重庆出版集团图书发行有限公司　发行
邮购电话：010-85869375/76/77转810
重庆出版社天猫旗舰店
cqcbs.tmall.com
全国新华书店经销

开本：850mm×1168mm　1/32　印张：5.5　字数：96千
2020年8月第1版　2020年8月第1次印刷
定价：46.00元

如有印装质量问题，请致电023-61520678
版权所有，侵权必究